U0915092

一条狗的独白

A DOG'S TALE

〔美〕马克·吐温　等著

杨立龙　译

泰山出版社 · 济南 ·

图书在版编目（CIP）数据

一条狗的独白 /（美）马克·吐温等著；杨立龙译. —济南：泰山出版社，2022. 2（2023. 8 重印）

ISBN 978-7-5519-0692-0

Ⅰ. ①一… Ⅱ. ①马… ②杨… Ⅲ. ①中篇小说—小说集—世界 ②短篇小说—小说集—世界 Ⅳ. ① I14

中国版本图书馆 CIP 数据核字（2021）第 259268 号

YI TIAO GOU DE DUBAI

一条狗的独白

著　　者：〔美〕马克·吐温等
译　　者：杨立龙
插　　图：虫　二
责任编辑：徐甲第
装帧设计：路渊源

出版发行：泰山出版社
社　　址：济南市泺源大街 2 号　邮编：250014
电　　话：综　合　部（0531）82023579　82022566
市场营销部（0531）82025510　82023966
网　　址：www.tscbs.com
电子信箱：tscbs@sohu.com
印　　刷：山东临沂新华印刷物流集团有限责任公司
开　　本：140 mm × 210 mm　32 开
印　　张：6.25
字　　数：110 千字
版　　次：2022 年 2 月第 1 版
印　　次：2023 年 8 月第 2 次印刷
标准书号：ISBN 978-7-5519-0692-0
定　　价：28.00 元

目录

01. 佛兰德斯的狗 / 1

02. 小狗皮埃罗 / 57

03. 我的小狗 / 67

04. 一条狗的遗嘱 / 89

05. 木木 / 95

06. 黄狗回忆录 / 139

07. 一条狗的独白 / 149

08. 忠犬宾戈的故事 / 167

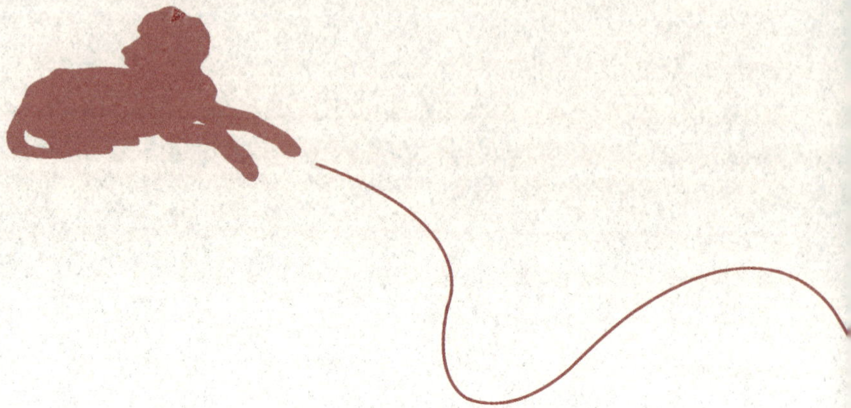

01. 佛兰德斯的狗

〔英〕奥维达

尼洛和帕德拉奇两个被留在这个世界上，相依为命。

他们是朋友，比亲兄弟还亲的朋友。尼洛是个小小的阿登高地人，而帕德拉奇是条大大的佛拉芒狗。他们的年龄一样大，然而一个还年轻，另一个却已老了。他们几乎天天生活在一起，同样孤苦伶仃、一贫如洗，全靠同一个老人养大。他们之间的情分是从最初的相互同情开始的，随之与日俱增，他们成长，感情也在增长，愈发牢不可破，更加持久，因此，他们也就深爱着对方了。他们住在村头的一所小房子中。这个佛拉芒人的小村庄离安特卫普有三英里远，周围是大片的牧场和玉米地，一条大运河穿流而过，河两岸一行行的白杨和桤树在微风中摇曳。村庄约有二十处房屋和宅院，房屋上有草绿色或天蓝色的百叶窗，玫瑰红或黑白相间的屋顶以及粉刷得雪白、在阳光下闪闪发亮的墙壁。村中心有座风车磨坊，建在一片长满青苔的小土坡上。它是村中的一个地标。磨坊和风车一度被漆成猩红色，但那是半个多世纪以前磨坊刚建成的事了，当时它还为拿破仑的士兵磨过面。但由于多年的风吹日晒，它现在变成了棕红色。如今的风车行为古怪，时走时停，好像上了年纪，患上了风湿病一样，关节僵硬。但它仍为整个村子的村民服务。如果谁把粮食运到别处去磨，就会被人认为是大不敬，就好像去别的教堂参加宗教活动，而不去村中那座古老的灰色小教堂的圣坛前做弥撒一样。这座有着圆锥形塔尖的小教堂就在磨坊对面。教堂的那口钟，每天早上、中午和晚上响起，带着那特有的低沉、苍老的哀伤调子。这个国家悬挂的每一口钟的钟声似乎都是这旋律。

尼洛和帕德拉奇几乎打一出生起，就生活在这忧郁的钟声里，如今他们一直居住在村头那个小屋里。安特卫普大教堂的尖顶在小屋东北方向高高耸立，长满牧草和玉米的绿色大平原向外一直延伸，就像那风平浪静、亘古不变的海洋。房子是吉安·达斯租来的，他是位穷苦的老汉。他年轻时当过兵，参加过那些像老牛蹄子踩踏犁沟一样蹂躏国土的战争。他当完兵别的没带回来，只是带伤回来了，他的腿瘸了。

老吉安·达斯八十岁那年，他的女儿在斯塔沃洛附近的阿登高地去世，撇下两岁的儿子。老人虽然连养活自己都难，但还是毫无怨言地接手了这额外的负担，孩子很快让他满心欢喜，成了他的宝贝疙瘩。小尼洛的大名是尼古拉斯，尼洛是爱称。小尼洛在老人的照顾下茁壮成长。俩人虽说住得简陋，但很快乐。

他们住的房子实际上是个租来的土坯房，很简陋，造型像个海贝壳，但收拾得很干净，也很亮堂。它建在一块菜地里，地里种着豆类、香草和南瓜。他们很穷，不是一般的穷，而是穷得一连几天吃不上饭。他们从来没富有过，如果吃顿饱饭，就像一下子进了天堂。那位老人脾气好，对孩子很好；孩子呢，长得漂亮，天真无邪，很诚实，心地善良。他们有一片干面包和几片菜叶子吃就很高兴了，也不向老天爷多求什么，只要有帕德拉奇永远陪伴他们就够了。

帕德拉奇就是他们的全部：他们的金库和谷仓，他们藏的金子和发财的魔杖，他们养家的帮手和精神支柱，他们唯一的朋友和慰藉。要是帕德拉奇死了或离开他们，他们同样也会倒下死去。他就是他们的身子、大脑、手、头和脚，他就是他们的命根子、他们的魂。吉安·达斯老了，又瘸着只腿，尼洛还小，一家人只能仰仗他们的爱犬——帕德拉奇。

这是一条佛兰德斯的狗——黄色的皮毛，大脑袋，四肢粗壮，耳朵像狼耳一样直立着。他的腿弓着，脚掌宽大，这些特点是这种狗世世代代干重活，肌肉发达而形成的。帕德拉奇这个品种的狗，已存在好几个世纪了，这种狗一代又一代辛勤劳作，备受奴役，是奴隶的奴隶，为人服务，整天被套上套，拼尽全力，驾辕拉车，最后劳累过度，倒在街上因心脏破裂而死。

帕德拉奇的父母出了一辈子力，整天奔波在不同城市崎岖不平的石子路上，奔跑在佛兰德斯省和布拉邦特之间长长的、没有树荫遮蔽的、让人厌倦的大路上。除了痛苦和出力，帕德拉奇没继承别的东西。他在辱骂中长大，鞭打是对他的洗礼。有什么不可以的呢？帕德拉奇只不过是条狗。在他没长大之前，他已尝到了脖子里套上绳子拉货车的苦涩滋味。在他还不到十三个月大时，就成了一个五金商人的财产。商人已习惯南里来北里走了，从蓝色的海洋走到碧绿的群山。原来的主人以很低的价格把他卖给了这个人，因为那时他还很小。

五金商人是个酒晕子、畜生，帕德拉奇过的是地狱般的生活。他的买主是个心理阴郁、过得不好、凶残的布拉班特人，车子上装满罐子、锅、酒壶、水桶和其他陶器、铜器和锡器，他让帕德拉奇拼了命地拉车，自己则在车旁边跟着，懒洋洋地往前走，无比悠闲、自在。他抽着他的黑烟袋，每次走到路边的酒馆和咖啡店，就得进去坐坐。

对帕德拉奇来说，既是幸运也是不幸的是，他长得很健壮。他来自有铁打的身板的族类，在苦难中生，在苦难中长，所以不至于累死，而是在重压、无情的鞭打、饥饿、干渴、咒骂、筋疲力尽中坚强地活了下来。这些就是那个五金商人对这个坚韧不拔、任劳任怨的四条腿的动物支付的仅有的报酬。就这样，他熬过了漫长而极其痛苦的两年。一天，帕德拉奇像往常一样，奔波在通往鲁本斯之城——安特卫普市的一条笔直的、尘土飞扬、毫无可爱之处的大路上。正值仲夏，天很热。他拉的车很重，车上铁货、陶器堆得高高的。他的主人悠闲自得地往前走，要不是皮鞭抽在帕德拉奇那颤抖的脊背上发出响声，这个五金商人是不会关注到他的狗的。

这位布拉班特人每到一处路边店，就停下来喝杯啤酒，但他不允许帕德拉奇停下片刻去运河边喝口水。就这样，在毒辣辣的太阳下，帕德拉奇在灼热的大路上整整二十四小时没吃任何东西。更要命的是，他几乎十二小时滴水未沾。尘土蒙住了他的眼睛，鞭子打得他浑身生疼，腰背上无情的重压使他麻木。帕德拉奇挣扎着走了几步，口吐了些白沫，倒在地上。

在太阳正毒的时候，帕德拉奇倒在了阳光下满是尘土的路中央。他一动不动，病得快要死了。他的主人只给了他药房仅有的药——脚踢嘴骂、橡木棍打，那就是主人给他的家常便饭，也是唯一的酬劳和回报。但是帕德拉奇再也感觉不到任何酷刑和咒骂了。他躺在夏日的白色尘土中，怎么看都像死了。过了一会儿，那位布拉班特人发现，往这条狗的肋骨上踢，往耳朵里骂都不起任何作用，便认定这条狗已经死了或快要死了，当然尸体也没有用了，除非真有人扒了狗皮做手套。临走时，他大声咒骂几句，卸下了套在狗身上的皮带，把帕德拉奇踢到路边草丛里去了。然后，他怒气冲冲地抱怨着，嘟囔着，慢慢地推着车子上坡而去，丢下那条奄奄一息的狗，任蚂蚁去叮咬、老鸹去撕啄。

离卢万城守护神节还有一天，这个布拉班特人急急忙忙赶到那里的集市，想为他一车的货占个好地方。他还在大发脾气，帕德拉奇的身体一向是那么强壮，又那么能吃苦，现在他得一路艰难地把车推到卢万城！但要说的是，他从没想过要留下来照看帕德拉奇；那条狗就要死了，没什么用了。他会偷一条狗来代替帕德拉奇，偷一条他碰到的第一条自己溜达到主人视线之外的大狗。养帕德拉奇，他没花一分钱，或者说基本没花钱。漫长而又残酷的两年岁月里，从早到晚，从冬到夏，甭管好天孬天，他都让帕德拉奇不停地出力干活。

他已充分榨干帕德拉奇的价值，盆丰钵满：作为人，他是聪明的，让狗躺在沟里咽下最后一口气，任凭狗那满是血丝的眼睛让等在旁边的鸟儿给啄去，而他自己要继续赶路，在卢万城一片欢歌中去乞讨，去偷窃，去吃去喝，去唱歌跳舞。一条快要死的狗，一条拉车的狗，他为什么要冒着失去几个铜板的风险，冒着被人嘲笑的风险，为狗的痛苦浪费几个小时呢？

帕德拉奇被丢弃在长满草的沟里，他躺在那儿，奄奄一息。那天路上人很多，有几百人步行、骑驴、驾驶四轮或两轮马车从帕德拉奇身边走过，他们匆匆忙忙、高高兴兴地往卢万城走。有些人瞥了一眼帕德拉奇，更多的人看都没看一眼，便都继续赶路。一条行将死亡的狗，在布拉邦特算不了什么，在世界上其他地方，也同样算不了什么。

又过了一会儿，在过节的人流中，有一个驼背跛脚、身体虚弱的矮个老头儿走来，他一点也不像是去凑热闹的。他穿得破破烂烂的，拖着个脚，悄无声息地慢吞吞走在寻欢作乐的人群卷起的尘土中。他看到了帕德拉奇，停了下来，觉得有点奇怪，转身在杂草丛生的沟边跪了下来，用慈祥的目光打量着狗，眼里满是同情。跟着他的是个涨红了脸、长着金黄色头发和黑眼珠的几岁大的小男孩。小男孩跑进齐胸深的草丛里，站在那儿，带着一副可爱又严肃的表情，紧盯着静静躺在那儿的可怜的大狗。

这是小尼洛和大帕德拉奇的初次相遇。

再后来就是，老吉安·达斯费尽了气力，把那条遭难的大狗拖回自己的小屋。小屋离得不远，在田地里，他细心地护理病狗。狗只是由于天气炎热、饥渴、劳累而引起了癫痫病，在阴凉处休息了一段时间后，便恢复了健康，身上也有劲了，四条强壮的黄褐色的腿又挣扎着站了起来。

接下来的几周大狗什么事也干不了，没有力气，浑身酸痛。但在这段时间，他没听到任何恶言恶语，没受到任何粗暴对待，听到的只是尼洛充满同情心的小声念叨，得到的只是老人那轻轻的抚摸。

在帕德拉奇生病期间，那位孤独的老人和快乐的小孩子逐渐对他产生了感情。房子的一个角落成了他的地方，地上铺了一堆干草当床。老人和孩子学会了在黑夜中焦急地倾听他的呼吸声，好知道帕德拉奇还活着。当帕德拉奇身体恢复好了，试着发出第一声响亮的、浑厚的、不连贯的吠叫时，他们大笑起来，为帕德拉奇发出这么一个彻底痊愈的信号，高兴得几乎一起流下眼泪。小尼洛，欢天喜地地在帕德拉奇那满是褶皱的脖子上套上了个雏菊花环，用他那鲜亮亮的、红红的小嘴唇亲吻帕德拉奇。

当帕德拉奇自己再次站起来时，他高大的身体略显消瘦，但仍然强壮有力，他那双充满渴望的大眼睛流露出小小吃惊的神情：没有恶语把他骂醒，没有殴打让他去干活。他的心被一种强大的爱的力量给唤醒，此后余生，他对他的新主人忠贞不渝。

帕德拉奇虽说是条狗，但懂得感恩。他躺在那儿，一直在用那严肃的、深情的、沉思的棕色眼睛观察着、思考着他那俩朋友的一举一动。

现在，老兵吉安·达斯除了每天瘸着个腿，推着个小车，替那些比他幸运的、养奶牛的邻居往安特卫普送牛奶外，没有别的谋生手段。一部分村民是出于好心，给了他这份差事，更多人是由于把牛奶交给这么一个老实人送到城里，他们放心。他们自己则待在家里，照管他们的菜园、奶牛、家禽或者他们的小块田地。但这活对老人来说越来越难干了，他都八十三岁了。安特卫普远在三英里之外，甚至还远些。

帕德拉奇恢复健康后的一天，他一边晒着太阳，一边看着运来运去的牛奶罐，黄褐色的脖子上还挂着法兰西菊花环。

第二天早上，老人还没摸到车，帕德拉奇就爬起来朝车子走去，走到车把间，就像表演哑剧一样，清楚地表明了自己的愿望：为了报答给他面包的老人，他有能力，也愿意为老人工作。吉安·达斯说什么也不肯，在他眼里，把狗套上拉车，让他们做违反他们天性的事情，是一件令人可耻的事情。但帕德拉奇不容老人反对，发现老人不给他上套，便试着用牙咬着车把，拉车前行。

最后，在这条他救活过的狗的一再坚持和感激之情的感召下，吉安·达斯让步了。他改装好了车，让帕德拉奇可以套上拉车，此后，帕德拉奇每天早上都拉着车去送奶。

冬天来了，吉安·达斯感谢上苍的眷顾，让他在卢万的集市日，在河沟里遇到了这条奄奄一息的狗。他已垂垂老矣，身子骨一年不如一年，要不是那条他救下的狗勤奋，有力气，他根本不知道怎样能够在冰天雪地中拉着牛奶罐驶过那泥地上深深的车辙沟。然而对帕德拉奇来说，这就是天堂了。他原来的主人强迫他拉一车车难以承受的重物，每走一步，便挨一鞭子。现在，迈步拉着这轻巧的小绿车，上面装着闪闪发亮的黄铜奶罐，旁边走着那位和蔼的老人，他还不时地温柔地拍拍他，夸夸他，帕德拉奇感觉这种工作就跟玩儿似的。再说，他的活儿白天三四点钟就干完了，然后就可以随便做些什么，比如伸个懒腰，在阳光下睡会儿，在田野里遛遛，和小尼洛玩会儿，和其他狗打打闹闹。帕德拉奇觉得很幸福。

对于他平静的生活来说，幸运的是，他先前的主人由于酒后斗殴，在梅克林城的守护神节上被人打死了。在他爱意浓浓的新家，再也不会有人过来找他麻烦，打扰他的生活了。

又过了几年，腿一直瘸着的吉安·达斯老人，由于患风湿病，又瘫痪了，他再也不能跟着车送牛奶了。小尼洛，现在已经六岁了，他跟着姥爷去过安特卫普很多次，对这个城市已非常熟悉。他接过了班，赶着车，把牛奶卖掉，换成钱，有礼貌地一本正经地交给牛奶的主人。那认真劲儿让看到他的人都非常喜欢。

这个小阿登高地人是个漂亮孩子，长着一双严肃而又温柔的黑眼睛，脸上满是孩子气，金黄色的头发已绕到脖子旁。当尼洛和帕德拉奇经过的时候，许多画家给他们画过速写：一辆绿色的小货车，上面装满特尼斯家、米里斯家和范塔尔家的黄铜奶罐；一条黄褐色、体型巨大的狗，挽具上挂着铃铛，走到哪里欢快的铃声就响到哪里；还有在他旁边走着的小男孩，白生生的小脚穿着一双大木鞋，肉嘟嘟的脸上一副天真、快乐的模样，像鲁本斯画作中的金发小男孩。

尼洛和帕德拉奇活儿干得这么好，在一起又这么快乐，吉安·达斯呢，当夏天来临，健康好转之后，也没有必要出去忙活了，他只是坐在门旁晒晒太阳，看他们从菜园的小门离开，然后打个盹，做个梦，祈祷一番，钟敲三下时再醒过来，等待他们归来。一回到家，随着一声欢快的吠叫声，帕德拉奇便挣脱身上的套具，尼洛则把一天的事自豪地讲给姥爷听。之后尼洛和帕德拉奇会一起进屋吃晚饭：黑面包、牛奶或汤。看到大草原上阴影越拉越长，暮色笼罩了大教堂美丽的尖顶，他们俩就会一起躺下，安宁地睡去，而老人则在一边做祷告。就这样，日子一天天一年年过去，尼洛和帕德拉奇生活得很快乐、单纯而健康，在春夏尤其快乐。佛兰德斯并不是一个讨人喜欢的地方，鲁本斯的安特卫普城的郊区也许是最不讨人喜欢的地方了。玉米和油菜，牧场和耕地，在毫无特点的平原上连片出现，重复得令人乏味。除了某个荒凉的灰色钟楼和能发出的忧郁的钟，或某个走过田地、身背谷穗捆的拾穗人，或背着柴捆的樵夫可以入画外，其他毫无变化，千篇一律，缺乏美感。山中或林中的居民来到这里反倒会感到压抑，就好像被那广阔沉闷的平原的单调乏味和漫无边际给禁锢了一般。但披绿的平原、肥沃的土地、广阔的地平线在单调沉闷中还有某种独特的魅力。河边芦苇丛中开有鲜花，树木高大，叶子发亮。驳船从旁边驶过，巨大的船身逆着太阳看，一片黑色，它上面绿色的小桶和各色旗帜在树叶的衬托下显得格外鲜艳。不管怎么说，满眼的绿色和广阔的天地对孩子和狗来说，就是美景了。他们别无所求，干完活后，只是躺在运河边茂密的草丛中，看沉重的船驶过，把清新的带有咸味的大海的气息融进乡村夏季浓浓的花香之中。

不错，冬天要难过得多，他们天不亮就得冒着严寒起床，没吃过一天饱饭。冬天夜间寒冷，小屋比草棚子好不了哪里去。尽管天暖和的时候，在一株巨大的攀藤的掩映下，它看上去非常漂亮。是的，攀缘植物从不结果，但整个开花和收获季节，茂密的枝叶就会像花格窗一样将小屋覆盖。冬天，风总能从小破屋的墙壁上找到很多洞来钻。攀藤变黑了，它的叶子掉光了。外面，光秃秃的大地显得十分凄凉萧索；屋内，有时地上滴水成冰。冬天难熬，雪把尼洛的白白的小胳膊小腿冻麻了，冰柱划破了勇敢的、不知疲倦的帕德拉奇德的四条腿。

即使是那样，人们也从没听到他们抱怨过，他们俩谁都没有。小男孩的木鞋和狗的四条腿，伴着车挽具上叮当的铃声，一起勇敢地踏上冰冻的土地。有时，在安特卫普的大街上，某位家庭主妇会给他们一碗粥和一些面包。有时某个好心的商人，会在他们回家的路上，把一些木柴扔到车上。他们村里某个妇女会让他们留下一些牛奶自己喝。他们会在薄暮中，高高兴兴地走过这白雪皑皑的大地，快乐地大喊一声，冲进家门。

总体来说，他们的生活不错，挺好。帕德拉奇在公路上、大街上遇到过很多狗，他们从天明一直忙到天黑，得到的只是鞭打和责骂，拉完车后被人一脚从车辕下踢到一边，忍饥挨饿，受冻去了。帕德拉奇打心里感激命运，认为这是这个世界所能提供的最公平、最宽厚的命运了。尽管晚上他经常饿着肚子睡觉，尽管他会在夏日中午的酷热下和冬日黎明刺骨的寒冷中劳作，尽管他的爪子常常被高低不平的人行道尖突的路缘划伤而疼痛不已，尽管他得完成超出他体力和违背他本性的任务，他还是很感激，很知足。他每天干活时，有他挚爱着的人的那两双眼睛对着他微笑，这就足够了。

在他生命中，唯有一件事让他于心不安。事情是这样的：全世界都知道，安特卫普到处都是古老的石头建筑，阴森森地、宏伟壮丽地耸立在曲折的短街里，挤在通道和酒馆之间，矗立在水边。天空中回响着经久不息的钟声，从拱门里不时传来阵阵音乐声。昔日古老壮观的圣殿依旧立在那儿，被挟裹在肮脏、丑陋以及匆匆忙忙的人群和现代商业之中。一天到晚，白云悠悠，群鸟翔集，风声阵阵，它们脚下的土地长眠着一位艺术大师——鲁本斯。

大师的荣光在安特卫普无处不在。在狭窄的街道上，我们向哪看，哪里就彰显着大师的光辉，所有平庸的东西都因此得以改观。当我们缓慢行走在弯弯曲曲的街道上，走过死水边，穿过恶臭的短街的时候，他的精神与我们同在，他史诗般美的想象就在我们周围。那些他曾经留下过足迹和身影的石头，好像站了起来，用鲜活的声音诉说着他的故事。这座埋葬着鲁本斯的城市通过他，而且仅仅通过他，活在我们心中。

那座巨大的白色坟墓四周是那么静穆。这种静穆偶尔会被管风琴的鸣奏声，还有唱诗班高声演唱《向圣母致敬》和《主啊，怜悯我们》的歌声打破。在鲁本斯的出生地中心，在圣雅克大教堂圣坛内有为他所立的洁白的大理石圣殿。毫无疑问，没有哪个艺术家拥有过比这更伟大的丰碑。

没有鲁本斯，安特卫普又是什么？一个脏兮兮的、灰暗的、吵闹的市场而已。除了在码头上做生意的商人，谁会认真看它一眼呢？有了鲁本斯，对全世界的人来说，安特卫普就是一个神圣的名字、一片神圣的土地，是又一个伯利恒——艺术之神诞生地，又一处各各他——艺术之神长眠之地。

国人啊，好好地珍视你们的伟人吧，通过他们，后人才能知道你们。佛兰德斯人世世代代以来都很睿智。鲁本斯生前，他们给予这位最伟大的儿子以殊荣，在他去世后，又极力光大他的英名。这种明智是世所罕见的。

现在，要说说帕德拉奇的苦恼。这些巨大而阴暗的石头建筑，这些高出挨挨挤挤的屋顶、孕育了忧郁和宏伟的地方，小尼洛一次又一次来过，又消失在黑色的拱门之中，而帕德拉奇则被留在外面人行道上，总是疲惫而又茫然地思考着，究竟是什么样的魅力把他形影不离、深爱着的伙伴吸引过去。有一两次，他试图过去看看，把那牛奶车咔嗒咔嗒拉上一级又一级台阶，但随即被身着黑衣、挂着标志身份的银链子的高个子看门人给撵了下去。由于害怕给他的小主人添麻烦，他就断了这个念想，耐心地蹲在教堂前，直到小男孩再次现身。并不是因为小尼洛走进这些地方让帕德拉奇不安。他知道人们都进教堂，所有的村民都走进过红磨坊对面的那座不大、破败的灰色教堂。

让他不安的是，小尼洛从教堂出来时表情总是怪怪的，脸色不是通红就是煞白，回家后总是默默地坐在那里发呆，不想出去玩，而是凝望着运河远处暮色四合的天空，一副闷闷不乐，甚至可以说是伤心的样子。

“出了什么事？”帕德拉奇心里纳闷。他想，小男孩表情那么严肃，不会是什么好事，也不是正常的事。他用他那笨拙的方式竭力把小男孩拉到洒满阳光的田野，或拉到熙熙攘攘的集市。一般的教堂尼洛经常去，但最常去的还是安特卫普大教堂。帕德拉奇被挡在昆汀·马齐斯大门外的石头路上，伸个懒腰，打个哈欠，长长地叹息，有时还汪汪叫几声，但这些都没用，直到教堂关门，小男孩才不得不走出来，用胳膊搂着他的脖子，吻他那宽宽的、棕褐色的额头，嘴里常常念叨着相同的话："要是我能看看它们多好啊，帕德拉奇！要是我能看看它们有多好！"

"它们是什么东西啊？"帕德拉奇心里想着，抬头用他那充满期待和同情的大眼睛看着孩子。

一天，当大教堂的守门人不在、门虚掩着的时候，他跟着他那小朋友进去了一会儿，看了看。"它们"原来是唱诗班席位两侧被盖上的两幅巨画。

尼洛正跪在圣坛装饰画《圣母升天图》前，呆呆地入了迷。当他看到帕德拉奇时，就站起身来，轻手轻脚地把他领到外面，眼里满是泪水。当经过被遮盖的画作时，他抬头看了看，对他的伙伴喃喃地说："帕德拉奇，实在是太可怕了！仅仅是因为穷，付不起钱，就看不到画！我敢肯定，他画这两幅画的时候，他就没有不让穷苦人看的意思。他会让我们哪天都能看到，天天能看到，这点我相信。他们把画盖上，把美的东西遮盖在黑暗之中！它们从未见到过天日，只有有钱人付费才能观看。要是我能看它们一眼，即便死去也乐意。”

但他看不到它们，对此帕德拉奇也爱莫能助，因为要想去教堂欣赏《上十字架》和《下十字架》两幅画要付一个银币，这完全超出了他俩的能力，这就好比让他俩去攀登大教堂的尖顶一样困难。他们连一个子儿的余钱都没有过，他们最多只能挣点给炉子买木柴的钱，让锅里能有点肉汤喝，这就是他们尽最大能力所能做到的了。在小孩心底，无时无刻不在强烈渴望着，要见识一番那被蒙起来的两幅鲁本斯画作的伟大。

这个小阿登高地人整个的灵魂都被他对艺术的一腔热情所激励着。清晨，太阳还没升起，人们还没起床，他们便已在老城中穿行。尼洛，看起来只是一个乡下孩子，后面跟着条大狗，拉着车挨家挨户去叫卖，却生活在梦想中的天堂，在那里，鲁本斯就是一切。尼洛，赤脚穿着木鞋，冬天的寒风吹透了他的鬈发，吹起了他薄薄的破衣衫，他又冷又饿，而他却陷入沉思冥想之中，看到的只是《圣母升天图》中圣母玛利亚那美丽的脸庞，她金色的鬈发披散在肩头，永恒的太阳之光照射在她的额头上。尼洛，在贫穷中长大，受命运打击，没有文化，备受冷落，却有着艺术天赋，这是对他的补偿还是诅咒？

没有人知道尼洛有艺术天赋，他自己和其他人一样，也不知道。知道的只有帕德拉奇。帕德拉奇经常陪伴尼洛，见他拿着粉笔，在石头上描画那生长着的或会呼吸的任何东西，听到他在干草铺的小床上用怯生生的哀婉的声音向那位大师的灵魂祈祷，看到他的目光在夕阳下的晚霞中黯淡下来，或者他的脸庞在黎明前玫瑰红的朝霞衬托下闪闪发光。帕德拉奇不止一次感觉到，一种奇怪的莫名的痛苦与欢乐交织在一起的热泪，从那年轻明亮的眼里滴落到他满是褶皱的黄色额头上。

“尼洛，我想，如果你长大成人后，能够拥有这个小屋，还有一小块土地，为了你自己打拼，被邻居们称作‘先生’，那我就能高兴地踏进坟墓了。”吉安老人不止一次在床上说。能有一块自己的地、被村里的人称作“先生”，是农民所能实现的最高理想。这位老兵，年轻时走遍大江南北，却空着手回来了；老了以后，他就想，能够在同一个地方谦卑地生活、心满意足地死去。这是他为外孙所祈祷的最好的命运，但尼洛没吭声。

在过去的时代，艺术的酵母曾经催生了鲁本斯、乔登斯和凡·艾克兄弟等卓越的艺术家。最近这些年，在阿登高地的绿色乡间，在默兹河冲刷的第戎古城墙下，又催生了那位创作《普特洛克勒斯》的伟大艺术家，但他离我们太近了，无法正确估量他艺术天才的神奇。现在，这酵母又在尼洛身上发生作用。

尼洛对将来有着自己的梦想，而不是有块地种，能住上板条房，能让比自己穷点或富点的邻居喊先生。安特卫普大教堂的尖顶，在傍晚火红的晚霞或在灰蒙蒙的清晨，矗立在原野尽头，向他传递着不同的梦。但这些他只对帕德拉奇说过。当他们穿过晨雾去干活或躺在水边飒飒作响的灯芯草丛中休息的时候，尼洛便喃喃地向他诉说自己天真的梦想。

因为这类梦想很难诉诸语言，很难唤醒人类听众慢慢觉醒的同情心，它只能使在墙角卧床不起的老人感到极度困惑不安，让老人心痛。对老人来说，每次他踏上安特卫普的街道，到小酒馆喝上一个子儿的黑啤酒，看到墙上用红色和蓝色涂抹的被人们叫作圣母像的画时，他都觉得这幅画和其他任何一幅著名的画在圣坛后面的画一样好。而那些异乡人却要不远万里，从阳光照耀下的每一个角落来到佛兰德斯，瞻仰圣坛后面画着的那些画。

除了帕德拉奇，尼洛只能向一个人倾诉自己所有大胆的梦想，这个人就是小阿卢瓦。她住在绿草如茵的小土坡上那座古老的红磨坊里。她爸爸，也就是磨坊主，是村里最富有的农夫。小阿卢瓦是个漂亮的小女孩，有着温柔的、玫瑰红的圆脸庞。她的黑眼睛是西班牙阿尔万的统治留在许多人脸上的证明，正如他所留下西班牙艺术在这片土地上广泛传播的证明：宏伟的宫殿和壮丽的庭院、金碧辉煌的门楼和雕刻的门楣，这些是图案的历史、石头的诗篇。

小阿卢瓦经常和尼洛及帕德拉奇在一起。他们在田野中玩耍，在雪地里奔跑，摘雏菊和覆盆子，去那灰色的古老教堂，坐在磨坊屋里熊熊燃烧的炉火旁。小阿卢瓦实际上是村里最有钱的孩子，她没有兄弟姐妹，身上蓝色的哔叽呢裙上从没有过破洞。在守护神节上，她手里昂贵的干果和糖果多得不能再多了。当她第一次上前领圣餐时，她淡黄色的鬈发上罩着一顶装饰精美的梅希林花边帽子。那是她姥姥传给她妈妈，她妈妈又传给她的。尽管她才十二岁，已经有人嘀咕着她会是个好媳妇，值得他们的儿子追求到手。而她呢，只是个快乐单纯的小孩子，一点也没意识到自己可能继承丰厚的财富。她最喜欢的伙伴是吉安·达斯的外孙和他的狗。

她的父亲科盖兹先生，是一个好人，就是有点苛刻。一天，父亲科盖兹在磨坊后面长长的草地上偶然发现了这个可爱的小群体。那天，刚刚割完草，他女儿坐在草堆里，帕德拉奇那黄褐色的大脑袋枕在她的大腿上，周围有几个用罂粟花和蓝色矢车菊编成的花环。小男孩尼洛正用炭棒在一块干净光滑的松木板上为他们画像。

磨坊主站在那里，看着他们俩的画像，眼里满含泪水。画得是真像，而他爱他的独生女爱得那么深。接着，他大声责备小女孩，说家里妈妈需要她帮忙，她却在这儿闲玩。他把她撵回了家。接着，他转身从尼洛手里夺过松木板。“你常干这样的蠢事吗！”他质问道，但话音里有些颤抖。

尼洛脸红了，低下了头。“我看到什么就画什么。”

他低声说。

磨坊主不说话了。很快，他伸出手，手上是一法郎。“要我说，画画是件傻事，纯粹是浪费时间。可你画得像阿卢瓦，她母亲看到会高兴的。把这枚银币拿去吧，把画给我。”

这位阿登高地少年的脸上一下子没有了一点血色，他昂起头，把手放到身后。“把钱和画都拿去吧，科盖兹先生。”他直接说，“你平时对我很好。”他把帕德拉奇唤到身边，从草地上走了。

“我本可以用那个法郎去看那两幅画的。”他低声对帕德拉奇说，“可是我不能把她的画卖掉，为了那两幅画也不能。”

科盖兹先生走进磨坊屋，心里乱糟糟的。“不能再让那个孩子老是和阿卢瓦在一起玩了。”那天晚上他对老婆说，“以后会有麻烦的。他十五岁了，她也十二了。小男孩的模样和身材都很好。”

“他可是个好孩子，一个忠实的信徒。”他老婆盯着那块松木板上的画像说。画像被端端正正地放在壁炉上方，那里有个橡木布谷鸟钟和耶稣受难的蜡像。

“是，我不否认这一点。”磨坊主说着，喝干了铅锡合金酒壶里的酒。

“嗯，如果你想的情况真的发生的话，”他妻子顿了一下，“事情会那么严重吗？她的钱足够两个人花的，而幸福比什么都重要。”

“你是个妇道人家，所以是个傻瓜。”磨坊主拿烟袋锅子在桌上敲了敲，厉声说道，“那个孩子就是个叫花子！再加上画画的人爱幻想，连个叫花子也不如了。注意，以后不能让他们在一块，不然的话，我就把闺女送到圣心修道院去，让修女们更好地照看她。”

当妈的听到这话害怕了，低声下气地答应保证按他的意思办。她倒不会把闺女和她最喜欢的伙伴拆开，磨坊主也不会对一个除了穷之外没什么毛病的孩子太过残酷。有很多办法让阿卢瓦和她的伙伴分开。尼洛是个自尊心强、文静又敏感的孩子，感情很快就受到了伤害。他和帕德拉奇不再像往常那样，一有空就往小坡上那古老的红磨坊走去。怎么冒犯了科盖兹先生，原因他不清楚，他猜想可能是在草地上给阿卢瓦画像，惹恼了他。当喜欢他的阿卢瓦跑到他跟前，把手放到他手心里时，他总是对她苦笑，关心她，温柔地对她说：“不要这样，阿卢瓦，别惹你爸爸生气。他认为我让你变懒了，亲爱的。你和我在一起，他不高兴。他是个好人，非常疼爱你。我们不要惹他生气，阿卢瓦。”

他说这些时，心里很不好受。当他和帕德拉奇日出时走出家门，沿着笔直的道路走在白杨树下时，世界也不像以前那么明亮美好了。那古老的红磨坊曾经是他的地标，来来回回走过时，他就停一下，和里面的人开心地打个招呼。阿卢瓦就在低矮的磨坊小门上方探出长着淡黄色头发的小脑袋，伸出红红的小手，把骨头或一块面包皮扔给帕德拉奇。现在帕德拉奇在紧闭的门前热切地盼望着，而小男孩走过时，不再停留，心里怀着极度的悲伤继续前行。小女孩则坐在家里炉边的小凳子上，眼泪慢慢滴落到她手里编织着的东西上。科盖兹先生正在米面袋子和磨坊机器间忙活，他狠了狠心，自言自语道："这样最好。小男孩就是个叫花子，满脑子里净是些没用的愚蠢的空想。谁知道将来会惹出什么事来呢！"科盖兹先生在他那代人中算是个聪明人，除了在难得的或正式场合外，绝不会把门敞开。在两个孩子看来，这样的场合既没有温情，也没有快乐可言。他们早已习惯了每天高兴地、无忧无虑地、幸福地打着招呼，说几句话，在一块玩耍。他们玩的时候，没有人盯着，也没有人对他们的幻想说三道四。只有帕德拉奇，很知趣地摇晃着脖子上的铜铃，以一条狗的灵敏，迅速地对他们的情绪变化做出回应。

在此期间，那一小块松木板还搁在磨坊厨房壁炉的上方。让尼洛有点难以接受的是，他们接受了他的礼物，却不接纳他本人。

但他并没有抱怨，他已习惯沉默，老汉吉安·达斯常对他说："我们穷，我们必须接受老天的赐予——好的坏的都得接受。穷人是不能选择的。"

出于对姥爷的尊敬，尼洛一向只是默默地听着，但使天才儿童着迷的某种模糊的、美好的希望却在他心中小声说："穷苦人有时也能做出选择——选择成为大人物，这样人们就不能对他们说不了。"他还是这样天真地认为。一天，当小阿卢瓦偶然发现尼洛独自在河边的玉米地里，就跑过去，紧紧抱住他，可怜地哭了起来，因为第二天就是她的圣徒纪念日。这次是她人生中头一遭她父母不让尼洛来参加她的小型晚宴和来大谷仓玩耍。她的圣徒纪念日以往都是这样庆祝的。尼洛亲吻她，用坚定的语气对她低声说："将来会有变化的，阿卢瓦。会有一天，你爸爸从我手中拿走的那小块松木板会变得很值钱，那时，他再也不会让我吃闭门羹。只求你永远爱我，亲爱的阿卢瓦，只求你永远爱我，我就会成为大人物。"

"要是我不爱你呢？"女孩撒娇的本能使得漂亮的

阿卢瓦微微噘着嘴、流着眼泪问道。

尼洛的目光从她脸上移开，向远处看去，大教堂的尖顶在佛拉芒金红色的暮色中耸立。他脸上露出微笑，那么甜美，又那么苦涩，小阿卢瓦怔住了。“我会伟大起来的。”他低声说道，“会伟大起来的，不然，我就去死，阿卢瓦。”

“你不爱我！”被惯坏了的小阿卢瓦说着，一把把尼洛推开。小男孩摇了摇头，笑了，继续向高高的金黄的玉米棵走去，在想象中他看到了美好的未来：有一天，他又走进那熟悉的地方，向阿卢瓦的家人求婚，这次不但不会遭到拒绝，反而会受到隆重接待。村里人蜂拥而至，来看望他，交头接耳地说：“你看到他了吗？他现在是人中龙凤了，因为他是位伟大的艺术家，全世界都在称颂他。然而他当年只不过是我们的小苦孩尼洛，就像人说的那样，是个小叫花子，只有靠他的狗才能吃上面包。”他想象要如何让他姥爷穿着华贵的衣服和皮袍，给他画像，就像画圣雅克小教堂里那幅家庭画像中的老人一样。他又想象，如何用个金项圈把帕德拉奇套上，让他待在自己的右手边，对大家说：“他曾经是我唯一的朋友。”他想象，在能够看到高耸的安特卫普大教堂尖顶的斜坡上，给自己建造一个巨大的白色大理石宫殿，并修上花木繁盛的游乐园。他不仅自己住在里面，而且还把所有年轻的、贫穷的、缺朋少友的，但决心要做大事的人召集到这里来，就像回到家里一样。他还想象，如果他们想方设法赞美他，他总是会对他们这样说：“不，不要感谢我——感谢鲁本斯吧。没有他，就没有我的今天。”所有这些美丽的梦想，虽不可能立即实现，但它们天真、无私，充满对英雄的崇拜，一直萦绕在他心头。他离开的时候很高兴——甚至在令他难过的阿卢瓦的圣徒纪念日的时候，他依然高兴。他和帕德拉奇回到家，回到他那黑暗的小屋里，只有黑面包吃，而在磨坊屋里，村里所有的儿童又唱又笑，吃着第戎的大圆蛋糕和布拉班特的杏仁姜饼，在大谷仓里，在星光下，在长笛和小提琴的乐声里跳舞。

“不要紧，帕德拉奇。”他用胳膊搂住狗的脖子，坐在小屋门口，夜空里传来磨坊屋里的欢声笑语，“不要紧，一切都会慢慢改变。”

他相信未来。而阅历更深更通世故的帕德拉奇，则认为，现如今不能参加磨坊晚餐的损失，是不能靠模糊的未来中的牛奶和蜜来补偿的。日后每当帕德拉奇走过科盖兹先生身旁，他就会恨恨地嚎叫几声。

“今天是阿卢瓦的命名日，对吗？”那晚，正仰面躺在粗麻布床上的达斯老人从墙角那里问道。

小男孩做出了个手势，表示肯定。他真希望老人的记忆出现点偏差，而不是记得这么准。

“你为什么没去？”他姥爷接着问，“你可是每年都会去，尼洛。”

“您病得太重了，不能离开人。”小男孩把他那漂亮的小脑袋瓜向床边低了低，小声说道。

“啧啧！纽莱特大妈会来陪我的，她以前来过多次了。出了什么事，尼洛？”老人还是紧追不放，“你该不会和小女孩吵架了吧？”

“没有，姥爷，从没有。”小男孩迅速否认，他低着的脸红了起来，“事情很简单，科盖兹先生今年没邀请我。他突然有点讨厌我。”

“你没做什么错事吧？”

“这我知道，没有。我在一块松木板上给阿卢瓦画了幅画像，就这事。”

“哦！”老人没说什么。孩子天真的回答让他明白了真相。虽然他已经下不了小屋一角用干树叶铺的床了，但他并没完全忘记外面的世道是什么样的。

他心疼地把尼洛满头金发的脑袋轻柔地搂在怀里。

“孩子，你太穷了。”他说，他那苍老的、颤巍巍的声音抖得更厉害了，“这么穷！对你来说太难了。”

“不，我很富有。”尼洛轻声说道。天真的尼洛真是这样想的——他拥有比国王更强大的不朽的力量。他起身走到门口，静静地站立在静谧的秋夜里，他看到天上有星星滑过，高高的白杨在风中摇曳。磨坊庭院里所有的窗户都亮着灯，不时有长笛的声音传来。泪珠从他脸颊滑落，毕竟他还是个孩子。然而，他笑了，他在心里说：“走着瞧！”他站在那儿，直到一切都归于寂静和黑暗。他和帕德拉奇回屋紧挨在一起睡下，睡了长长的、沉沉的一觉。

尼洛有个秘密，只有帕德拉奇知道的秘密。在小屋旁边有个小棚子，除了他，没有人进去过。这是一个没有趣味的地方，但从北边射进来的光线很充足很明亮。在这里，他用一根粗糙的木头，给自己做了个简陋的画架，在上面一张摊开的灰色的巨幅纸上，他把脑海中无数想象的东西中的一个画了出来。从来没有人教他画过画。他也没钱买颜料，很多次都是饿着肚子，用买面包的钱去买来这儿为数不多的画具。他只能用黑白两色来描绘他看到的事物。他在这儿用粉笔画的这个巨大轮廓是一位坐在一棵砍倒的树上的老人——仅此而已。

他曾很多次在黄昏时刻看到樵夫老迈克尔这样坐着。从来没有人告诉他素描和透视法、解剖学、光和影，然而，他将老人疲倦消瘦的老态、他所有的悲伤、沉默中的忍耐力、他的粗犷、饱经忧患的悲凉都一览无余地刻画了出来，使得那位孤独的老人成为一首诗，他独自一人坐在枯树上沉思，身后是渐浓的夜色。

当然，这幅画在某种意义上还很粗糙，毫无疑问，还有很多不足，然而它真实，拥有自然的真实、艺术的真实，画面令人伤感，在某种程度上又很美。

帕德拉奇静静地躺在那儿，一躺就是很多个小时。他看着尼洛每天干完活后，一笔一笔地画。他知道尼洛有个梦想，也许它不切实际，实现不了，但尼洛对它无比珍视。尼洛梦想携带着这幅巨画去参加每年一次的奖金为两百法郎的大赛。大奖赛的结果在安特卫普揭晓。无论是读书人还是农民，任何有才能、年龄在十八岁以下的少年，希望用独立完成的粉笔画或铅笔画参赛的，都可以参加。来自鲁本斯之城安特卫普的三位顶尖画家将作为评委，根据画作的优劣，选出一名获奖者。

从春到夏到秋，尼洛一直在画这幅珍贵的作品，如果能获奖，这将为他艺术上的自立和探索艺术奥秘奠定第一步。他是那么不顾一切地、无知地，然而又狂热地追求、崇拜艺术。

他没对任何人说过这件事。他姥爷理解不了，他又失去了小阿卢瓦，他只有对帕德拉奇吐露心扉，轻轻说道：“鲁本斯会把奖授予我的，我想，如果他知道这件事的话。”

帕德拉奇也这样想，因为他知道，鲁本斯爱狗，否则他不会用那么精美逼真的线条画狗。再者，爱狗的人，正如帕德拉奇了解到的，总是富有同情心的。

参赛作品应于十二月一号前交上去，二十四号出结果。这样，获奖者就会在圣诞节期间和家人朋友一起庆祝了。

在一个寒冷的冬日的曙光中，尼洛把那幅巨画放到绿色的小牛奶货车上，时而满怀希望，心狂跳不已；时而害怕担忧，脑中一片空白。在帕德拉奇的帮助下，他把画拉到了城里。按要求，他把画放到了一所公共大楼门内。

“也许它分文不值。我又怎么知道呢？”他想。他既担心又害怕。把画放到那里，对他来说，似乎太过冒险、太自负、太愚蠢，自己一个赤脚少年，勉强认识几个字，居然梦想着画出让那些伟大画家、真正的艺术家赏脸一看的东西。然而当他走过大教堂时，他又有信心了：鲁本斯高贵的身影仿佛从浓雾和黑暗中升起，赫然出现在他面前。他的唇边带着亲切的微笑，好像低声对他说："不要这样，鼓起勇气！我把名字写在安特卫普的历史上，凭借的不是一颗软弱的心和莫名的恐惧。"

尼洛的心得到了慰藉，他在寒夜中跑回家。他已尽了最大努力，剩下的就看老天的旨意了，他的内心满怀天真的、不容置疑的信念，那是他在掩映在柳树、白杨下的灰色小教堂里获得的。

这时，冬天已经很冷了。他们回到小屋后的那个夜晚，天开始下雪了，一连下了好多天。雪很厚，田野里的小路和田垄都不见了，所有的小河流也都被冻住了，平原上异常寒冷。尼洛要摸黑一家一户去取奶，然后再摸黑送到沉寂的城市，这活变得异常艰难，对帕德拉奇来说尤其难。时光的流逝，把尼洛造就成一个壮实的小伙子，却把帕德拉奇带入老年。帕德拉奇的关节僵硬了，骨头经常酸痛，但他不会放下那份工作。尼洛想把他解放出来，自己来拉车子，可帕德拉奇不同意。他所能允许或接受的是，当笨重的车子缓缓地顺着冰沟往前走时，尼洛能从后面帮着推一把就足够了。帕德拉奇的生活就是套上挽具拉车，他为此颇感自豪。霜冻、路况不好、四肢风湿痛，有时让他非常痛苦，但他只是喘着粗气，伸着粗壮的脖子，忍着疼痛一步一步往前拉。

“在家休息吧，帕德拉奇，你该休息了，我自己完全能拉着车子往前走。”尼洛好多个早晨催他休息，但帕德拉奇虽然明白他的意思，就是不同意留在家里，就像一个老兵听到冲锋号响不愿意退缩一样。每天，他爬起来就跑到车辕中间，缓慢而沉重地走过积雪的原野。多年以来，他那四个圆圆的脚掌在上面留下了自己的印记。

“只要不死，就绝对不能休息。”帕德拉奇想。有时在他看来，这样的休息时刻似乎离他不远了。他的视力比以前差了，睡一夜，第二天早上起来身体感觉还在痛。只要小教堂五点的钟声一响，他就从未在稻草上多躺过一分钟，铃声告诉他，天亮了，劳动已经开始了。

“我可怜的帕德拉奇，我们俩很快就要躺在一起长眠了，你和我。”吉安·达斯老人说着，伸手用他那苍老干枯的手抚摩帕德拉奇的头。那只手，经常和他分享仅有的一片面包。老人和狗的心让一个念头搅得心痛：当他们离开这个世界，谁来关心他们的宝贝孩子呢？

一天下午，当他们踩着积雪从安特卫普回来时，整个佛拉芒平原上，满是积雪的地面就像大理石一样又硬又滑。他们发现路上有一个小木偶——一个小鼓手，全身呈猩红色和金黄色，约有六英寸高，而且一点也没摔坏。这是个很可爱的玩具。尼洛想方设法想找到失主，但没找到，他想，这件东西正好能讨阿卢瓦欢心。

当他路过磨坊屋的时候已是晚上了。他认识她房间的那扇小窗户。他想，如果他把这件在地上发现的小物件送给她，估计没什么坏处，毕竟他们在一起玩了那么长时间。她的窗户下面有个小棚子，棚顶是斜下来的，他顺着爬上棚顶，轻轻地敲了敲窗格子。屋里有微弱的灯光。阿卢瓦打开窗子往外看了看，差点吓了个半死。尼洛把敲小手鼓的木偶人塞在她手里。“这是我在雪地里捡到的一个玩具，阿卢瓦，拿着。”他小声说，“拿着。老天保佑你，亲爱的！”

还没等她来得及感谢他，他已从棚子顶上滑下来，消失在黑暗中。

那天晚上磨坊失火了。虽然磨坊本身和人们住的地方未烧着，但附属建筑还有很多玉米被烧掉了。村子里所有的人都慌得跑出来，消防车从安特卫普在雪地上驶来。磨坊上了保险，不会有什么损失。但磨坊主还是气得发疯，扬言起火并非偶然，而是有人恶意纵火。

尼洛从睡梦中惊醒，和其他人一起跑过去救火。科盖兹先生气呼呼地一把把他推开。“天黑以后你还在这儿瞎溜达。”他粗声粗气地说，“我敢发誓，这场火灾的内情你一定比其他人知道得多。”

尼洛静静地听着他的话，惊呆了，没料到有人竟会说出这种话来，除非是开玩笑。他理解不了，怎么有人在这个时候还开玩笑。

然而，这个磨坊主第二天竟然当着许多邻居的面，又说出这些残忍的话来。虽然没人对这个小孩子提出认真的指控，但还是有人散布流言，说有人看到尼洛天黑后出现在磨坊院里，不知在做什么不可告人的事情，还说他对科盖兹先生不让他和小阿卢瓦交往怀恨在心。而村里人向来都俯首帖耳，顺着村里最富有的地主说，都希望在未来某一天自己的儿子能获得阿卢瓦的财富，于是都心领神会，给吉安·达斯老人的外孙脸色看，还对他冷言相加。没有人当面说他什么，但村里人一致迎合磨坊主的说法。尼洛和帕德拉奇每天早晨去农舍和农场收牛奶，然后往安特卫普送，以前村民是笑脸相迎，开心问候，现在见了他们就低头往下看，说上寥寥几句话。没有人真的会相信磨坊主的胡言乱语，也不会相信由此而生的蛮横指责，但村民都很穷，十分无知，再说，当地唯一的富人都已明确表示了对尼洛的反感。因此，无辜又无助的尼洛根本没有力量来和公众舆论抗衡。

“你对他太残酷了。”磨坊主的老婆壮了壮胆子，哭着对科盖兹先生说，“他绝对是个天真可信赖的孩子，无论他再怎么伤心，也想不出这种坏主意来。”

但科盖兹先生是个固执的人，一旦话说出口，就死不改口，尽管在内心深处他也知道自己做得不对。

与此同时，尼洛坚强地忍受着人们对他的伤害，他的自尊心使他不屑于分辩。只有他和帕德拉奇单独在一起的时候，他才稍稍做些让步，心想：“如果我的画获奖就好了！那时他们也许就会感到懊悔。”

对一个不满十六岁的孩子来说，他短暂的人生是在一个小小的世界里度过的，他童年受到来自各方面的呵护和赞许，现在这个小世界却无缘无故地与他作对。这是一个艰难的考验，在那个萧瑟、白雪皑皑、饥寒交迫的冬天尤为艰难。以前这种时候，他只有在村舍里的火炉和邻居们友爱的问候中，才能得到唯一的光明和温暖。冬天拉近了人与人之间的距离，人们相互之间都这样，但现在尼洛和帕德拉奇除外。没有人和他们来往，听任他们俩和小屋里那个瘫痪在床的老人挣扎着过日子。屋里的火苗通常很小，他们常常没有面包吃，因为从安特卫普来了一个收购牛奶的人，他经常骑着驴到各家收购牛奶，只剩下三四个人拒绝他的收购，仍然信任那辆小绿货车。所以帕德拉奇拉的重量就很轻了，相应地，尼洛钱袋子里的钱，咳，也

变得很少啦！

像往常一样，狗会在所有熟悉的门前停下来，现在那些人家对他紧闭大门。他抬头用渴望的眼神看着他们的住处，发出无声的请求。邻居们关闭了大门和心扉，任凭帕德拉奇拉着个空车子往前走，他们心里感到痛楚。然而，他们还是这样做了，因为他们想讨好科盖兹先生。

圣诞节就要来临。暴风雪也随之降临，天气非常寒冷。雪有六英尺厚，冰冻得很结实，无论哪里牛和人走上去都没问题。在这节日期间，小村庄照例是一派欢乐的景象。最穷的人家也有牛奶甜酒和糕饼，有裹着糖衣的圣徒像和涂成金色的耶稣像，他们开玩笑，跳舞。马脖子上佛兰德斯铃铛欢快的叮当声到处响起；家家户户满满的汤锅在炉子上唱着歌，冒着热气；雪地上到处是欢笑的少女，她们头裹鲜艳的头巾，身着厚厚的长袍，轻盈地走着，要么是去教堂做弥撒，要么是刚做完回来。只有尼洛的这个小屋又黑又冷。

尼洛和帕德拉奇现在完全是孤苦伶仃地待在那儿了，因为圣诞节前一周的一个夜晚，死神降临，永远夺走了吉安·达斯老人的生命。老人穷了一辈子，日子过得很苦。他很长时间以来已是一只脚踏进坟墓，除了做个无力的手势，浑身哪儿也动不了，只有小声蹦出个字的力气，其他什么也干不了。然而老人的离去让尼洛和帕德拉奇两个陷入巨大的恐惧之中，他们非常悲伤。老人在睡眠中离他们而去。在灰蒙蒙的清晨他们知道老人不行了，无言的孤独和凄凉仿佛将他们包围。长久以来，老人一贫如洗，浑身无力，瘫痪在床。老人根本不能保护他们，但老人深爱着他们，总是用微笑欢迎他们回家。在那个苍白的冬日，他们跟在松木棺材后头，来到灰色小教堂旁边的无名墓地，为老人的离去不停哭泣，谁也无法安慰他们。来给他送葬的，仅是被他留在身后的，在这世上无亲无友的少年和老狗。

“现在他的心肠肯定会软下来，允许那苦命的孩子来这儿了吧？”磨坊主的老婆心想，瞧了瞧在壁炉边吸烟的丈夫。

科盖兹先生知道她的心思，但他硬起心肠，当小小的、卑微的送葬队伍经过时，他没开门。“小男孩就是个叫花子。”他心想，“就是不能允许他和阿卢瓦在一起。”

女人不敢大声说什么。但当坟上的土埋好，两个送葬者离开后，她把一个蜡菊花圈放在阿卢瓦手中，让她过去，恭恭敬敬地把它放在那个铲掉了积雪、没有墓碑的黑色土堆上。

尼洛和帕德拉奇伤心欲绝地回到家里。但是那个贫穷、使人悲伤、无欢乐可言的家也提供不了安慰。他们有一个月没交房租了，当尼洛为死去的姥爷举行完可怜的葬礼后，他一分钱也没有了。他向房东请求宽限时日。房东是个补鞋匠，他每周日晚上必去科盖兹先生那里和他喝酒抽烟。补鞋匠没发善心，他是一个粗鲁、抠门的人，爱钱如命。他说了，交不起房租，好，小屋里的一切都得充当房钱被收走，尼洛和帕德拉奇第二天就得搬出去。

现在，小屋里空无一物，真是够简陋的，也可以说很悲惨。然而他们的心依然恋着它，对它充满了深情。他们在这里快乐过。夏天，小屋爬满常春藤和开花的豆类植物，在洒满阳光的田野里是那么鲜亮和好看！虽然里面的生活充满了艰辛和贫困，然而当他们一起跑到老人跟前，去迎接他那永远挂在脸上欢迎他们回家的微笑时，他们曾那么知足，心里曾那么快乐。

漫漫长夜，小男孩和狗摸黑坐在没生火的炉子边，紧紧挨在一起取暖，共遣悲伤。他们的身体被冻麻了，他们的心也好像被冻住了。

当黎明降临在这片冰雪覆盖、冰冷的大地时，正是圣诞节前夜的清晨。尼洛身子一颤，抱紧了他唯一的朋友，热泪扑簌簌落到帕德拉奇的额头上。“咱们走，帕德拉奇——亲爱的、亲爱的帕德拉奇。”他喃喃自语，“咱们别等到让人给踢出去，咱们走。”

帕德拉奇完全听他的，他们伤心地并排走了出去，离开了这个对他们俩来说如此珍爱的小地方，里面每一件不起眼的生活用品在他们眼里都是宝贵的，难以割舍。帕德拉奇走过他那绿色的小货车的时候，无力地低下了头，它已不再属于他了——因为它必须和其他东西一起抵房租。他的铜挽具随便放在一边，在雪地里闪闪发光。帕德拉奇可以往它旁边一躺，伤心而死，但只要这个孩子还活着，并且需要他，他就不会屈服，不会放弃。

他们又踏上了去安特卫普的老路。天刚刚破晓，大多数百叶窗还关着，但有些村民已开始活动了。他们没注意到狗和小男孩从他们身边走过去。在一户门前，尼洛停了下来，满怀希望地向里张望。他姥爷不止一次帮过这家邻居的忙。

“你能给帕德拉奇一片面包皮吃吗？”他怯生生地问，“他老了，从昨天上午到现在，他还没吃过任何东西。”

女主人赶紧把门关上，嘴里含混不清地嘟囔了一句，说小麦和黑麦在这个季节都很贵。小男孩和狗继续浑身无力地往前走，他们不再向人家要吃的了。

最终，十点的钟声敲响的时候，他们缓慢而吃力地挪到了安特卫普。

“如果我身上有什么东西，我会卖了给他买面包吃。”尼洛心想。但他除了蔽体的亚麻、哔叽衣服和一双木鞋外，别无他物。帕德拉奇懂他的心思，把鼻子伸到小男孩手里，好像在恳求他不要为他任何的苦痛和需要而烦躁不安一样。

那天中午将要宣布绘画比赛获奖者的名字。尼洛朝上次他递交自己珍贵画作的公共大楼走去。台阶上和门廊里有一群年轻人，他们有的和他年纪一样大，有的大一些，都有父母或亲友陪着。尼洛置身其中，心里害怕得要命，于是就把帕德拉奇拉得紧紧的。城市的大钟响亮而刺耳地撞响了正午时刻。内厅的门开了，充满渴望的、气喘吁吁的人群冲了进去。大家都知道，获奖作品将会被放到一个木台子上，高出其他作品。

尼洛的视线一片模糊，他头晕眼花，四肢无力。当他的视线清晰起来后，他看到画挂起来了，不是他的！一个洪亮的声音正缓慢地大声宣布获奖者是斯蒂芬·斯捷潘基斯林，出生于安特卫普市，是该市一个码头管理员的儿子。

当尼洛苏醒过来的时候，发现自己正躺在外面的石头路上，帕德拉奇正试着用他所知道的一切办法来叫醒他。远处，一群安特卫普青年正围着他们得胜的同伴高声大叫，他们欢呼着，簇拥着他回到码头的家里去。

男孩挣扎着站起来，把狗拉到怀里搂着。“完了，亲爱的帕德拉奇，”他喃喃道，“全完了！”

他尽可能振作起来，他饥肠辘辘，身上没劲，又按原路拖着脚步朝村子走去。帕德拉奇在他旁边走着，头耷拉着，他那老腿由于饥饿和悲伤而虚弱无力。

雪正纷纷扬扬地下着，从北面吹来强劲的飓风，平原上冷得要命。在这条熟悉的道路上他们走了很长时间。当他们走近村庄时，四点的钟声恰好敲响。突然，帕德拉奇停住了，他在雪地里嗅到了某种气味，然后扒拉了几下，呜呜叫了几声，接着用牙叼出来了个棕色的小皮钱包。黑暗中他把钱包衔给尼洛。就在他们站着的地方，有个小小的十字架，十字架下一盏油灯发出暗淡的光。小男孩机械地把钱包拿到灯光下，上面有科盖兹先生的名字，里面有两千法郎的钞票。

眼前的这一幕使他从恍惚状态中稍稍惊醒过来。他把钱包塞到衬衫里，拍了拍帕德拉奇，领着他往前走。狗抬头满怀渴望地看着他的脸。

尼洛径直朝磨坊屋走去，走到门前，敲打着门板。

磨坊主的老婆哭着打开门，小阿卢瓦紧跟在她身后。“是你吗，可怜的孩子？”她透过泪眼和蔼地说，“赶快走吧，别等科盖兹先生看到你。今晚我们可是麻烦了。他出去找钱夹子了，他骑马回家时遗失在路上，下这么大雪，找是找不到了。老天明白，这差不多会毁了我们的。你看我们对你做了什么事吧，老天要惩罚我们了。”

尼洛把钱包放到她手里，把帕德拉奇叫到房子里面。“是帕德拉奇今晚发现的。”他话说得很快，“告诉科盖兹先生，我想他不会拒绝给狗一个遮风避雨的地方，给他点吃的，他老了。别让他跟着我，我求求你们，好好待他。”

还没等女人和狗反应过来他是什么意思，他已经蹲下身来，吻了吻帕德拉奇，接着便匆匆关上房门，消失在迅速降临的夜色中。

母女俩站在那儿，既高兴又害怕，一句话也说不出来。帕德拉奇则把满腔的怒火和痛苦发泄在插得紧紧的铁皮包的橡木门上，但没有用。

她们不敢打开门闩放他出去，而是想方设法安慰他，给他拿来甜饼和带汁的肉。她们用最好的食物吸引他，想把他引到温暖的壁炉旁待着，但都是枉费心机。帕德拉奇拒绝她们的安慰，在紧闭的大门前转来转去。

六点了，磨坊主终于从后门回到家，他疲惫不堪，无比沮丧。他走到老婆跟前，说：“永远找不到了。”他面如死灰，声音严厉中带着颤抖：“我们打着灯笼到处都找了，找不到了——闺女的嫁妆等等一切都没了！”

他老婆把钱包递到他手中，告诉他钱包是怎么到她手里的。这位强壮的男人身子发抖，跌落到座位上，双手捂住脸，满脸羞愧，同时又有些害怕。“我对这孩子太残酷了。”他最后嘟哝道，“我不配他对我的好。”

小阿卢瓦鼓起勇气，走到父亲跟前，把有着金黄色鬈发的头依偎在他身上。“尼洛可以再过来了吧，爸爸？”她轻轻说道，“他明天就可以过来吗，像以前一样？”

磨坊主紧紧搂住她，他那冷酷的、晒得黝黑的脸庞这时十分苍白，他的嘴角蠕动着。“可以，可以。”他回答她，“让他明天来过圣诞节吧，其他日子也可以来，只要他愿意。老天助我，我要补偿那个孩子——我要补偿他。”

小阿卢瓦心里感激，高兴地吻了他，然后从他双膝间溜走，跑到仍守望在门口的帕德拉奇身旁。“今晚，我可以让帕德拉奇大吃一顿了？”她大声说道，高兴得什么也不顾了。

她爸爸郑重地低下了头，说：“当然，当然，给狗吃最好的。”这位苛刻的老人内心深处受到了极大的震撼。

圣诞节前夜，磨坊屋里放满了橡木木柴和一方方泥炭，还有奶油、蜂蜜、肉和面包，椽子上挂着用常绿植物编成的花环。耶稣受难像和布谷鸟钟从一丛冬青里露出来。还有为阿卢瓦准备的小纸灯笼、各种各样的玩具和包得花花绿绿的糖果。屋里到处亮堂堂、暖烘烘的，东西堆得满满的。小女孩想把狗当成尊贵的客人，好好招待。

但帕德拉奇既不愿躺在温暖的地方，也不想分享这种欢乐。他确实又饿又冷，但身边没有尼洛，他就不会独享舒适，也不会独享美食。他拒绝一切诱惑，总是紧紧靠在门边，一心寻找逃跑的办法。

“他要的是小男孩。”科盖兹先生说，“好狗！好狗！天一亮我头一件事就是去找他。”没有人，只有帕德拉奇知道尼洛已搬离小屋；没有人，只有帕德拉奇隐约猜到尼洛正独自面对饥饿和苦难。

磨坊屋里的厨房很暖和，大块的木柴烧得噼里啪啦响，火苗在炉子上蹿得很高。邻居们过来，喝上一杯酒，吃上一块为晚餐烤制的肥鹅。阿卢瓦，兴高采烈的，相信她的伙伴明天会过来，所以又蹦又跳又唱，不断把满头金发往后甩。科盖兹先生心满意足，对着女儿微笑，两眼湿润，说他将如何待她最喜欢的小伙伴。小女孩的妈妈坐在那儿，静静地、满足地看着纺车，自鸣钟里的布谷鸟欢快地报着时。在这欢乐时刻，帕德拉奇作为尊贵的客人被留在那儿，接受人们上千遍的问候，但尼洛不在，祥和和富足就吸引不了帕德拉奇。

当晚饭在饭桌上冒着热气，欢笑声最大最热烈的时候，圣子耶稣带给阿卢瓦最精美的礼物。帕德拉奇时刻在等待时机，当一个粗心大意的客人进来，门没闩上时，他便溜了出去。他那疲乏虚弱的四条腿能蹿多快，就蹿多快，在寒冷的黑夜里飞奔在雪地上。他心中只有一个念头——去找尼洛。一个人类朋友有可能会为了美食、为了令人惬意的温暖、为了有舒适的睡眠而驻足，但那不是帕德拉奇的友谊。留存在他脑中的是过去的那一刻，一位老人和一个小孩在路边的水沟里，发现了病得奄奄一息的他。

雪又下了一夜。现在快晚上十点了。小男孩一路走过的足迹几乎完全消失。帕德拉奇费了好长时间才嗅到尼洛的一丝气味。好不容易嗅到了，但气味很快又消失了。就这样，尼洛的气味失而复得，得而复失，反反复复了上百次之多。

晚上天气恶劣，路边十字架下的路灯被风吹灭了。路上全是冰，无边的黑暗掩盖了所有人类居住的痕迹，外面看不到有生命的东西，牛都圈起来了。在所有的屋子里院子里，男男女女都在欢庆，大吃大喝，只有帕德拉奇待在冰冷的野外。他老了，又没吃东西，浑身疼痛，但有一种伟大的爱，给他力量，让他坚忍，支撑着他找下去。

尼洛走过的路，由于被刚下的雪埋上了，变得模糊不清，但能够辨别出是沿着他们常走的路，直着通向安特卫普。半夜过后，帕德拉奇才在入城处找到尼洛的踪迹，一直拐到狭窄、弯曲、昏暗的街道。城里很黑，偶尔有一些微红的光线从百叶窗缝里透出来。有几个人打着灯笼，唱着喝酒的小曲往家走。路面白白的，全是冰。高墙和屋顶在路面的映衬下，隐隐约约露出黑色的轮廓。万籁俱寂，只有沿街那呼呼的狂风，吹得广告牌嘎吱嘎吱响，刮得高高的铸铁街灯震颤摇摆。

很多路人踏着雪来来回回走过，踩出很多小路来，它们纵横交错，帕德拉奇很难再沿着一路跟踪来的脚印走。尽管寒风刺骨，高低不平的冰碴子划破了他的爪子，饥饿像鼠牙啮咬着他的身体，他还是继续前行。这条可怜的、骨瘦如柴的、冻得哆哆嗦嗦的狗向前走啊走，长时间耐心追踪，一路找寻着他关心的足迹，来到市中心，爬上大教堂的台阶。

“他是看他喜欢的东西来了。”帕德拉奇心想。他理解不了，但他对男孩对艺术的那份痴情充满忧伤和同情，这份痴情他理解不了却又感觉无比神圣。

午夜弥撒过后，大教堂的门没关。要么是看门人疏忽大意，急着回家吃饭睡觉；要么是他们太困了，忘了是不是拧好了钥匙，因此有一道门没锁上。由于这个意外，帕德拉奇跟踪的脚步才得以进入大教堂，在黑色石头地上留下一串洁白的带雪的脚印。帕德拉奇就像被那一道细细的白线牵着一样，穿过无边的寂静，走过穹隆下巨大的空间，直接来到祭坛门前，他看到尼洛躺在那儿的石台上。他爬过去，闻了闻男孩的脸。“你做梦梦到我不忠于你，将你抛弃吗？”他那无声的爱抚仿佛在问。

小男孩抬了抬身子，低声叫了一声，把他紧紧抱住。“让我们躺下死在一起吧。”他喃喃道，“别人不需要我们，就剩下我们俩了。”

作为回答，帕德拉奇往前爬了爬，把头放到他胸口上。大颗的泪珠在他悲伤的棕色眼睛里打转，他并不是为自己感到悲哀，他是幸福的。

在刺骨的寒冷中，他们紧紧挨着躺在一起。从北海刮来、吹过佛兰德斯海堤的狂风像冰潮，把所有触及的有生命的东西冰封起来。他们所躺的巨大拱顶石室，比外面冰雪覆盖的原野更加寒冷刺骨。不时有蝙蝠在黑暗中活

动，不时有一线亮光照到一排排雕塑上。在鲁本斯的画作下面，他们静静地躺在一起，在寒冷这个麻醉剂的作用下，就像进入了梦乡。他们一起梦到过去快乐的时光，他们在开满鲜花的夏季牧场上你追我赶，或者躲在水边高高的芦苇丛中，看船在阳光下驶向大海。

突然，一道强烈的银光穿透黑暗，照进那广阔的过道，已经爬升到最高点的月亮冲破了云层。雪已经停了，外面雪地反射的光清澈如黎明的曙光。清光穿过穹形门窗照到两幅画上面，男孩进来时揭开了它们上面的幕布，《上十字架》和《下十字架》霎时清晰可见。

尼洛站起来，向它们伸开双臂，苍白的脸上闪着狂喜的泪花。“我终于看到它们了！”他大声喊道，“啊，这就足够了！”

他的双腿支持不住了，他跪到了地上，但仍抬头仰望着他崇拜的杰作。片刻间，光线照亮了长久以来他未曾目睹的神圣景象——这道清澈、美妙、强烈，仿佛从天国的宝座倾泻而下的光。突然，光线消失了，巨大的黑暗重新蒙住了基督的脸。

男孩又把狗拽得紧紧的。“我们将看到他的脸，就在那个地方。”他喃喃自语，“我想，他不会将我们分开。”

第二天，在大教堂的祭坛，安特卫普的牧师发现了他们俩。他们都死了，是夜晚的严寒将年轻的和年老的生命都冻僵了。当圣诞节的早晨来临后，牧师们来到教堂，看到他俩就这样躺在石台上。石台上方，鲁本斯巨作上的幕布被拉到了两旁，明亮的朝霞照射到基督戴着荆冠的头上。

过了一会儿，进来了一位面色惨白的老人，他哭得像个女人一样。“是我待孩子不好啊。”他哭着说，“我本来要补偿他的——对，我愿拿出我一半的财产——他本该对我来说像个儿子一样啊。”

又过了一会儿，来了一位世界知名的画家，他的思想和画风属于自由派。“我在寻找一个更有资格获取昨天大奖的人 。”他对大家说，“一个有着无限前途的罕见天才。一位黄昏时刻坐在一棵倒下的树上的老樵夫——这就是他画作的全部主题。从他的画来看，他的未来不可限量。我得找到他，带他走，教给他艺术。”

一个满头金色鬈发的小女孩，抓住她父亲的胳膊，哭得很伤心，大喊：“啊，尼洛，你醒来呀！我们都准备好了，等你来。基督的手里拿满了礼物，老风笛手将为我们演奏，妈妈说整个新年假期这一周，你将待在壁炉旁，和我们一起烤坚果吃——是的，甚至去参加最高规格的盛宴！帕德拉奇将会多么高兴啊！啊，尼洛，你醒醒啊，醒过来！”

可是那张年轻苍白的脸庞，仰望着大师鲁本斯闪耀着光芒的杰作，嘴角带着微笑，对他们做出了回答：“太迟了。”

洪亮悦耳的钟声响彻了寒冷的天空，阳光洒满了白雪覆盖的大地，人们成群结队，高高兴兴地走在大街小巷上，但尼洛和帕德拉奇再也不能向他们求施舍了。所有他们需要的东西，安特卫普现在都会自愿给他们。

死亡要比再多活几年对他们慈悲得多。一个对爱忠诚，一个信念单纯，死亡将他们从这个爱得不到回报、信念得不到实现的世界带走了。

他们活着时在一起，死后也不分离。人们看到他们的时候，发现男孩的胳膊紧紧抱着狗，用了很大力气才能将他们分开。他们小村庄的人，羞愧难当，为他们俩哀求格外的恩典，给他们挖了一个墓穴，把他们并排安放，让他们安息——永远在一起！

02. 小狗皮埃罗

〔法〕居伊·德·莫泊桑

勒菲弗尔夫人是一位乡绅太太，是一个寡妇，也是半个农民。她的衣服缎带上和软沿帽子上都镶着边，她说话喜欢用联音，她还喜欢在别人面前装腔作势。这些都是为了掩盖那隐藏在滑稽和俗里俗气外表下那自命不凡的灵魂，就像乡下人喜欢把他们粗糙的红通通的手套在牛丝手套里一样。

她有一个女仆，是一个忠厚、纯朴的农民，名叫罗丝。

俩人住在诺曼底科区中心地带公路边上、有着绿色百叶窗的一所小房子里。房前有一长溜菜地，平时她们就在地里种些菜。

一天晚上，有人偷了她们十来棵洋葱。罗丝发现之后，赶紧跑去向太太报告。太太急忙穿上毛衬裙走下楼来。这真是太恐怖了！居然有人偷东西，还偷到勒菲弗尔夫人头上来了！既然村子里闹了贼，那么贼还会来偷东西。

这两位担惊受怕的女人仔细地查看脚印，你一言我一语，这样那样地猜想着。

“看，他们是从那条路过来，爬上墙头，然后跳进菜园里的！”

想想以后的日子，她们不由得害怕起来，以后晚上还怎么安睡呢！

被盗之事很快传开了。邻居们纷纷前来查看，一个个议论了一番。每来一个人，主仆二人就会对来客说上一遍她们的所见所思。

附近一个农民给她们提建议说：

“你们该养条狗。”

对，她们的确该养条狗，哪怕它在有动静时叫唤几声也好。不过一定不能养大狗。天哪！她们要条大狗干什么？它会把她们给吃穷了。要养也只能养一条小狗，一条会叫的小狗就行。

大家一走，勒菲弗尔夫人就和罗丝商量了一阵子养狗的事。思来想去，夫人有一千条反对养狗的理由，一想到狗每天都要吃满满一碗肉汤她就害怕，因为她属于那种又爱面子又小气的乡绅太太，她的布兜里常揣着几分钱，以便在路上遇到乞丐时煞有介事地在众人面前施舍给他们，或把这几枚硬币放到礼拜天做礼拜时的捐钱盘里。

罗丝喜欢小动物，她说出来了很多理由，并且巧妙地说服勒菲弗尔夫人。她们最后决定，应该养条狗，不过只能养条一丁点儿大的狗。

于是她们开始找了起来，可是找到的都是大狗，是那种喝起汤来能把人吓得直哆嗦的大狗。罗勒维尔一间食品杂货店的老板倒是有条小狗，但他要求付给他两法郎当饲养费。勒菲弗尔夫人表示，她愿意喂养一条小狗，但无意花钱购买。

面包店老板知道这件事后，一天早上，他用马车送来了个奇形怪状的黄色小动物。这个小东西腿短得就像几乎没有一样，身子像鳄鱼，脑袋似狐狸，尾巴同身子一样长，向上翘着，像军帽上的翎饰。勒菲弗尔夫人认为这个没花一分钱就能得到的小狗很漂亮。罗丝抱了抱它，问它叫什么名字。

“皮埃罗。”面包店老板答道。

狗被安放在一个旧肥皂箱里。她们给它水喝，它喝了；她们又给它拿来一片面包，它也吃了。勒菲弗尔夫人看到这条小狗那么能吃，不禁发起愁来，不过她的脑子里突然有了个绝妙的主意。

“等它在家里完全待习惯了，可以把它撒开，它就会在村里到处找吃的。”

过了一段时间，她们就把它撒出去了，可实际上它还是在挨饿。它只有在讨要吃的的时候才汪汪叫几声，此外从没叫过。

菜地还是谁都能进来，如果有人进到菜地，皮埃罗就会跑过去，和来人亲热一番，绝对不叫一声。

勒菲弗尔夫人渐渐习惯了这条小狗的存在，甚至喜欢上了它，经常将面包放在自己盘子的肉汤里蘸蘸喂它。

但她没想到养狗还要交税。当有人来收这条从没叫过的狗的养狗税时，一听到“八法郎，夫人”，她就惊得差点晕了过去。

于是她当机立断，觉得得把皮埃罗处理掉。不过没有人肯要，方圆十里的人都回绝了，都不愿意收养它。没有别的办法了，她们决定，让皮埃罗去“啃地皮”。

所谓“啃地皮”，就是把狗扔进泥灰岩矿坑里任其自生自灭。当人们想处理掉一条狗时，就让它去“啃地皮”。

在一大片空旷的平地中央，人们能看到一种小草房，更恰当一点说，是一种架在地上的、非常小的茅草屋顶。这就是泥灰岩矿的坑口。一条垂直的大巷道能直通地下二十米，底下是四通八达的坑道。

每年，当需要泥灰肥田的时候，才会有人下到这坑里去。其余时间，它就是埋葬那些丧家之犬的坟场，每当有人在坑口附近经过，狗的哀嚎声、狂怒或是绝望的吠声、可怜的求援声，不绝于耳。

猎犬和牧羊犬都惊恐地躲开这个哀声不绝的洞口。

人只要俯身往洞里一看，一股令人作呕的腐臭味便扑鼻而来。

可怕的惨剧就在这黑暗之中不断上演。

当一条狗在坑底熬上个十天半个月，靠着先前被扔下来的狗的腐尸苟延残喘时，又有另外一条又大又凶的狗被扔进坑里。这两条狗饥肠辘辘，眼睛放着绿光。它们互相窥视，你追我赶，提心吊胆，迟疑不决。但饥饿驱使着它们你撕我咬，死命地打了很久，最后，强的咬死弱的，然后把弱的活生生地吃掉。

当她们打定主意要让皮埃罗“啃地皮”时，便马上物色了一个执行人。修路工要六个苏[①]才肯去跑一趟，这个要价对勒菲弗尔夫人来说，简直高得离谱。邻居的雇工便宜一点，只要五个苏，不过还是太贵了。罗丝发表意见说，不如她们自己把狗带到那里去，这样的话，路上它就不会受到虐待，而且它也不会知道自己即将大难临头。于是她们决定等天黑以后一起过去。

这天晚上，她们给狗准备了一盆很好的肉汤，汤里还加了点儿黄油，皮埃罗把肉汤吃了个精光，一滴也没剩。当它欢快地摇着尾巴时，罗丝一把把它抱到围裙里。

她们步履匆匆，像做贼似的穿过这一大片开阔地。

① 译者注：原法国货币，20 苏 =1 法郎。

她们很快便看到泥灰岩坑并走了过去。勒菲弗尔夫人俯下身子侧耳倾听，听底下有没有狗在叫。没有，没有任何声响。皮埃罗下去的话，就只有它一条狗。罗丝哭哭啼啼地吻了吻小狗，然后把它扔进了坑里。她们俩往前探了探身子，听了听。

她们先是听到了一声沉闷的响声，接着便是一条受伤的动物尖利的、凄惨的、让人心绪不宁的叫声。随后是一声声低沉的痛苦的叫声，最后是皮埃罗望着坑口绝望的哀求声。

狗在哀号，汪汪叫个不停！

她们满心懊悔，内心充满恐惧——一种无法言说的深深的恐惧。她们撒开腿就跑。罗丝跑得很快，勒菲弗尔夫人大喊："等等我，罗丝！等等我！"

晚上勒菲弗尔夫人噩梦连连。

勒菲弗尔夫人梦到自己坐在饭桌前喝汤，揭开汤盆盖，皮埃罗竟坐在里面！它跳出来就咬住了她的鼻子。

她惊醒了，恍惚中仿佛还能听到皮埃罗在汪汪叫。她又听了听，才知道是幻觉。

过了一会她又睡着了，梦到自己在一条望不到头的公路上行走。突然，她发现路中央有一个农民用的大篮子，仿佛在诱惑她走上前打开一样。

她最终把它打开了，皮埃罗正藏在里面。它咬着她的手不松口，吓得她赶紧跑了，狗就这样一直吊在她的手上。

天刚蒙蒙亮，勒菲弗尔夫人就起身，几乎是发疯似的跑向泥灰坑。

皮埃罗还在叫，一直在汪汪叫，叫了一整夜。勒菲弗尔夫人抽抽搭搭哭起来，用各种各样亲热的称呼来喊它叫它。皮埃罗则用狗能发出的最温柔、最亲切的声音来回应她。

她想再看它一眼，发誓要给它一个温暖的家，一直让它住到生命的最后一刻。

她跑到掘井工那里，把情况告诉了他。他只是听，没吭声。当她把话说完，他说：

“您还想要您的狗？那得给我四法郎。”

夫人吓了一跳，所有的悲伤立刻烟消云散。“四法郎！”她说，“你疯了吧！四法郎！”

“您想想，我要带上绳子、绞车去，在矿口把它们支好，然后和我的孩子一块下去，还有可能被您那可恶的狗咬上一口。难道我干这些就是为了把狗弄上来，让您开心吗？如果您心疼钱，那您当初就不该把狗扔到那里去！”

她怒气冲冲地走了。四法郎！

她一进家门，就对罗丝大喊，告诉她掘井工的要

价。罗丝顺从惯了，重复了一句：

“四法郎！那可是一大笔钱啊，夫人。”她接着说，“如果我们扔给它点吃的，可怜的狗啊，说不定还饿不死。”

勒菲弗尔夫人听后很是赞同，也很高兴。她们带上一大块抹了黄油的面包，又出发了。

她们把面包切成小块，一块一块扔给皮埃罗，轮流跟它说话。狗吃完一块，又汪汪叫着再要一块。

她们傍晚又来喂，第二天还来喂，然后天天都来喂，不过后来一天只喂一次。

一天早上，她们正要投第一块面包时，突然听到坑内激烈的狗叫声。底下有两条狗！又有人扔下去了一条狗，还是一条大狗！

“皮埃罗！”罗丝喊道。皮埃罗叫呀，叫呀。她们开始往下扔食物。每次她们都能清清楚楚听到底下一阵混战，接着便是皮埃罗的惨叫，它被它的同类给咬了。新来同类更强壮，扔下去的食物都让它吃了。

她们倒是说得很明白：

“这是给你的，皮埃罗。”但是没有用，皮埃罗显然什么也得不到。

这两个女人目瞪口呆，相互看了一眼，勒菲弗尔夫人尖酸地说：

“我不能把别人扔在里面的狗也给喂了！我们只好都不管了！”

让她出钱养活别人的狗！一想到这，她就气得说不出话来。她离开了，手里还拿着剩下的面包，边吃边走。

罗丝在后面跟着，用蓝围裙擦着眼角的泪。

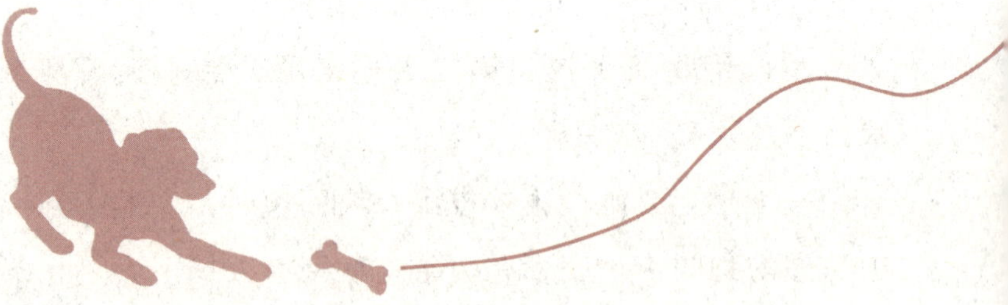

03. 我的小狗

〔英〕约翰·高尔斯华绥

二月一个平常的日子里，我们前去滑铁卢车站接一条小狗——他妈妈曾在我们家待过，是个急性子，我心里有点数，知道他大概是个什么情况。然而对我妻子来说，他完全是陌生的。我们站在那儿等（从索尔兹伯里发来的列车晚点了），盼着他来的同时心里又在打鼓，命运将会把一根什么样的线与我们这个线团缠在一起啊。我想，我们主要担心他的眼睛是不是淡色的——会不会是那种常见的杂毛西班牙猎犬长着的深黑色眼睛。火车每晚到一分钟，我们的焦虑便增加一分：这是他头一次出远门，头一次和他妈妈分开，他是才两个月大的黑色宝宝啊！火车进站了，我们赶紧上车找列车员。“您这里有带给我们的小狗吗？”

“小狗？不在这节车厢，去最后一节车厢问问！”

“您这里有我们的小狗吗？”

“有啊。从索尔兹伯里上的车。先生，这就是您的小家伙，给您！”

在一个木箱子后面，我们看到一个黑色的长鼻子在对着我们乱拱，接着便听到一声微弱而沙哑的呜咽声。

我还记得当时的第一个想法：

“他的鼻子是不是太长了？”

但妻子心软了，因为小狗的眼哭肿了，他被困在各种物品之间，看不到外面。我们把他抱出来——软乎乎的、晃晃悠悠的、泪汪汪的。我们把他放到地上，他的腿还不协调，我们得看着他。我的妻子把脑袋往旁边一扭，脸上的微笑略显紧张。我打量着他，想借此机会获得对他较为真切的印象。

他在我们腿间绕了一会，既不摇尾巴，也不舔我们的手，只是抬头望着我们。我的妻子说："他真是个天使！"

我倒不能确定他是不是天使。他看上去笨头笨脑的，根本就看不见他的眼睛，他的脑袋、身子和腿之间，几乎看不到中间有什么连着。他的耳朵很长，和他那可怜的鼻子一般长。他一身黑毛，我隐隐约约能看到他胸口有一块白斑，他妈妈胸口同样有这么难看的一块白斑。

我们把他抱起来，放到四轮马车上，又把他的口套摘下来。他那深棕色的小眼睛瞪着往远处看。为了讨他欢心，我们特地给他带了饼干，不过他连闻都不闻，我们知道人类还没走进他的生命之中。他生命中至今只有他妈妈、一间小木屋和其他四个同样身体软绵绵、晃悠悠、傻头傻脑的黑色天使。他们挤在一起取暖，你闻闻我，我闻闻你，也嗅嗅身下的刨花。一想到他会将他纯洁的爱交付给我们，我们心里就美滋滋的。当然，也得看他是否愿意交付。万一他不喜欢我们呢！

就在那时，一定有什么东西惊动了他。他仰起浮肿的鼻子，双眼盯着我的妻子。过了一会儿，他又伸出干涩的粉红色舌头，舔了舔我的拇指。他那眼神和下意识的不安的舔舐，表明他正竭力将不快抛在脑后，

试图接受这两个拿“爪子”安抚他、身上散发出怪味道的新生物。他们将成为他的新妈妈。不过，我敢肯定，他心里一直很清楚：这些块头比他大得多的生物，接下来会更长久地、不容置疑地成为他的家人。生平第一次被人拥有的感觉，或者是拥有感（谁知道呢），在他的心中激起了涟漪。从此，原先那个懵懵懂懂的小家伙便不复存在了。

离我们行程结束还有一段路，我们提前下了车，让马车走了。过不了多久他就会熟悉伦敦这一带的气息和柏油路的路况，在这里，他将度过大半辈子。我现在依然记得他沿着那条宽阔的偏僻的街道踉踉跄跄往前跑的样子，记得他往前跑一阵，又突然一屁股坐在那里，看看他的四条腿，也记得他常常跟不上我们的步伐。就是那一次，他还充分向我们展示了日后将带来诸多不便

的——或许是惹人爱怜的一个特点：一听到叫他或对他吹口哨，他就会向完全相反的方向望去。他这一生有多少次啊，只要听到我的口哨声，他就会立即动起来，尾巴冲着我，然后，用鼻子左嗅嗅，右闻闻，开始慢慢地向远方跑去。

第一次出去溜达时，算我们走运，仅遇到一辆车，一辆酿酒厂运货的马车。他选择在那个时机来考虑生命中更为重要的事情，他静静地在马蹄前坐定，人不抱是不走的。从一开始，他就展示了他的尊严。由于他的身子中间那一段比较长，把他抱起来可是费了不少劲。

当他第一次闻地毯时，在他空白的小小心灵里该产生多么新奇的感觉啊！那天对他来说，所有的一切都无比新奇，我怀疑他是不是比我第一次去私立学校时的感受还多。那天，我正在读《爷爷的故事》，我父亲的经纪人边喝着雪利酒边唱赞美诗，惹得我心烦。

那天晚上，实际上，是接连几个晚上，他都和我睡在一起，把我后背那里暖得热乎乎的。他还在睡梦中发出些奇怪的呜咽声，时不时把我惊醒。其实，终其一生，他在梦中经常飞起来，和其他狗打架，碰到鬼魂，追赶兔子和扔来的棍子。我一直拿不定主意，当他黑黑的四条腿开始抽搐和颤动时，我是否该把他唤醒。他与我们一样，有美梦，也有噩梦；有时高兴，有时悲伤到想哭。

一天，我们发现他的身体是一块极佳的小型生物聚居地，定居者是我们那天以前从没见过的某一活跃物种。此后，我就不让他和我睡在一起了。从那以后，他睡过很多床铺，命中注定他的住处不固定。由此，我注意到了他对待住所与财产的淡然态度，这大大有别于他的大部分同类。他很小就知道，对一条长着如丝般光滑的长耳朵、羽毛状的尾巴、高贵的头颅的黑狗来说，只要离开那些有着特殊气味的家伙（也就是主人），家就根本不存在了。那些家伙随口给他起名字，在所有生物中，只有那些家伙享有特权，可以用拖鞋扔他。他会在任何地方睡下，只要是在那些家伙的房间内，或紧靠房间也行，屋内屋外没什么关系，因为他有一个原则：凡是他闻不到的东西便不存在。我多想能再次听到房门下面传来的他伸着柔软的舌头发出的熟悉的嗅闻声。以前，每天早晨他会用嗅闻声自娱自乐，以抚慰自己的心灵。随着年龄的增长，他对这种和家人的亲密关系日渐敏感和在意。他是一条死脑筋的狗，什么事只要入了他的脑，就抹不掉了，正如他对猫的感情。他对猫有一种反常的偏爱，这招致了他生命中第一次灾难性的时刻。可怜的狗狗，他无论如何也搞不明白，为什么刚去厨房一会儿就被猫挠了。当他被抱上楼的时候，他的一只眼睁不开了，脸颊上还裂了个口子！那道从眉头往下到脸颊的锯齿状的挠伤，被他一直带进了坟墓。为了避免这种悲剧重演，我们训练他一听到“猫”这个词，就发出特别的“托—啰—啰”的声音，同时蹿出去。这招他对其他生物都没使用过。不过他心中始终有个愿望，希望再接近猫，但再也没试过。在他这么想的时候，他一定会站在那儿对着猫摇尾巴。我记得很清楚，有一次，当他一脸神气地回来时，我妻子用极其亲昵的声音小声问他：“哎，亲爱的，你一直在花园中追杀猫咪吗？”这让一位爱猫人士听后大吃一惊。

他的眼睛、鼻子长得无可挑剔。说真的，在某一方面，他很像英国人：人就应该是这样，东西得闻起来没问题，事情得沿着正确的方向发展。他既不能容忍穿得破破烂烂的穷人，也接受不了在地上爬来爬去的儿童，还有邮递员，因为他们扛着个邮包，身子一侧鼓鼓的，胸前还挂着灯笼。不发出几声吠声，这条狗是绝对不会让那些不会惹他麻烦的人们从他面前通过的。他生来就是个权威和程式的信奉者，不相信探险精神，然而他内心深处还有古怪的、不受任何原则束缚的狂热念头。譬如，他不愿跟在马车或马后面走，如果我们强迫他那样，他就会立刻转身回家，鼻孔朝天坐在家里，从鼻腔里发出最悲切、尖厉的声音。另外，人坚决不能把棍子、拖鞋、手套或其他他能玩的东西放到头上，这样会让他立刻发狂。可悲的是，这么一条思想保守的狗，生活的环境却是混乱无序的。他从来不用语言抱怨我们多变的生活，然而，每当见到我们收拾行装的时候，他就会把头歪在左脚上，下巴紧紧贴在地上。“有什么必要？”他似乎不断在问，“真的有必要老换住处吗？我们住在一起，今天和明天都没什么变化，所以我知道我身在何方，可现在只有你们能知晓接下来会发生什么。至于我呢，我就说不准到时候是否还会和你们在一块儿了。”每当这时，在他深层的潜意识里会出现多少稀奇古怪的、悲伤无奈的念头啊，他不希望它们发生，然而又时时把结果揣摩过来揣摩过去。随口说出的一个字、话语中流露出的同情、悄悄地将靴子打包、一反常态地将本该开着的门关上了、从楼下房间拿走一件一直放在那儿的东西……哪怕是一件稀松平常的小事，他也能据此判断出，他不能跟着去了。他极力抗拒，他不想知道，就如同我们竭力躲避我们不能容忍的人或事一样。他不再抱什么希望，但又不会不去努力，他所知的唯一的抗争方式，就是时不时地长叹一声——那种狗才有的叹息声！狗的叹息声直击他的灵魂最深处，比我们人类的强烈得多，因为这种声息是完全无意识发出的。叹息者发出声音后，却不知自己的叹息是怎么从体内溜出来的！

“对，你也去！”听到这本来确定无疑的话，他眼中立即现出将信将疑、喜忧参半的神情，他的尾巴也会轻轻摆动一下。这句话并不能完全打消他的疑虑，也没改变他完全没必要出行的想法，直到马车到来。他自己从车门或车窗里一下子蹦进去，表情严肃，看也不看一脸羡慕的车夫。一旦趴到我们脚上，他就带着哲学家的心态旅行，但还是理解不了这些事。

我想，没有哪条狗会像他一样对外面的人类世界无动于衷，当然也很少有狗比他更讨人喜欢，尤其是讨陌生女子的喜欢。对她们的喜爱，他常常视而不见，这的确非常让人灰心丧气。不过，他倒是也交了一两个特别的朋友，比如本书要敬献的人，还有几个他以前见过的人。但总的说来，在他所认知的人类世界里，只有他的男女主人，还有全能的神。

在他六岁前，每年八月，为了他的健康，也为了不让他丧失世代遗传的本能，我们都会把他送到苏格兰参加狩猎活动。他会轻轻衔回来很多鸟。一次，命运之神让

他在那儿滞留了将近一年。后来，我们亲自过去接他回家。我们走在长长的小道上，朝临时喂养他的人的小屋走去。正值仲秋，已经下霜了，满地是红的黄的落叶，非常美丽。突然我们看到他走在他亲爱的临时监护人的前面，鼻子在落叶中很内行地搜寻着，带着一位职业猎手的沉稳劲儿。他不太胖，身上乌黑发亮得像乌鸦的翅膀，他甩着他的两只耳朵和毛皮袋，活像一个个子矮小的苏格兰高地人。我们悄悄地走近他。突然，他从他想象中的气味踪迹中抬起鼻子，冲着我们跑过来。就像一件衣服从人身上滑落一样，他所有的冷静持重都不见了。一瞬间，他变得急不可耐，一跃而起，扑向我们，没有片刻迟疑，没有丝毫惆怅。那些善良的人们养了他一整年，白天给他喂黄油燕麦饼，晚上让他爱睡哪儿就睡哪儿，现在要离开他们了，他竟然没叹息一声，没回头看哪怕一眼，没有一点感激，没有一丝不舍和留恋。没有，他只是义无反顾地往前走，紧紧地贴着我们，近得不能再近了，好像在用意念拽着我们走，甚至连气味也不管了，直到过了小屋的门。

他的这种行为是非常任性、反常的，也许是他离开我们，在外面待了一年的原因。我对猎杀那些鸟和动物，突然间产生了强烈的难以抑制的反感情绪。他呢，只等猎物断了气，就会摆弄个不停。我以前从不知道他还是个猎手。原因是头一年他来到家里时还是个稚气未脱的小狗，害怕他出什么意外，我把他拴在腰间。每当我端起猎枪准备扣动扳机时，他就小心谨慎地往后拉我。人们告诉我，他的鼻子长得很可爱，嘴巴很完美，很大，能把个头最大的野兔衔在嘴里。这话我信。我还记得他母亲的品性，然而，在性格上他远比她沉稳。但随着他一年年长大，他越来越喜欢死松鸡、死禽鸟和死兔子，我则越发喜欢活的了。这是我们之间唯一真正的分歧，我们对此都视而不见。啊，对了，现在想来，使我欣慰的是，我应该是确定无疑地磨灭了他狩猎的潜质。我没有说话算话这一特质，而这种特质对培养狗的正直感是非常必要的。那些清新凉爽的早晨，他跟着我，十分警觉，身子微微颤抖，脸上表情既严肃又急切。那种对大自然全身心的爱，对蓝天下叶子上的柔光、白桦树树干和稀疏的树枝形成的图案的狂喜，对树液、野草、树胶和石楠花香气的陶醉，他的毛发对大自然每一点声响的灵敏反应，他膝下的蕨类植物、苔藓及他背靠着的树干的奇特的颤动，给我们的生活增添了新的快乐。

慢慢地，命运之神为我们每个人准备好了神圣的东西——仁慈心逐渐盘踞于我们内心最深处！人怎么会讨厌自己深切感悟到的美好情感呢？让那些从未体验过这种奇妙快乐的人举手反对吧——我可是没有奢求让所有人都认同。如果我能的话，我还是会去感悟的。那些长着翅膀或皮毛的生灵，当它们生命中的喜悦叩动你的心灵之门，你便会想：只要扣动一个小小的铁片就会剥夺它们生命中的喜悦，于心何忍！你叫它唯美主义也好，神经质也罢，矫揉造作的感伤主义也好，随便你怎么说，反正这样的人格更健全！

是的，当人用那不仅仅用来看东西的一只眼瞄准射击后，会有一只鸟由于失血过多而大张着嘴，缓缓死去；或有一只野兔拖着一条断腿逃到洞口，在那儿躺几个小时，想着以后再也不靠近那片蕨类植物了。此后，我的脑海中常会冒出下面一系列简单的数学题：假如所打出的子弹的直接致死率都是“中等偏上”（我的老天，这种高概率从来没有过）——也就是四发失一发，还很少有打不中的情况。那么，在一百只猎物中，如果有七十五只被打中死去，还有二十五只也是射击的目标。在这二十五只中，有一半即十二点五只猎物的身体某个部位“被打中”，“有可能”会十分缓慢地死去。

就是这个数目，使我和狗在生活中出现了唯一的分歧。随着他逐渐变老，要想再与我们分开是做不到了，他再也没去过苏格兰。从那以后，尤其是听到枪响的时候，我时常感觉，他最优秀和最隐秘的本能让我给扼杀了。但接下来怎么办呢？他对泥鸽一点兴趣也没有——它的气味对他毫无意义。不过在他最受宠、最清闲的日子里，他还是保持了一个职业猎手高度的职业操守，将有气味的东西给衔回来。他还利用板球等消遣方式聊以自慰。他的板球打得很专业，从球被投球手投出之后他就跟过去了，有时在球还没到击球手手里的时候就抢到了。挨训时，他就稍加思考，伸出那粉红的舌头，双眼急切地盯着球，接着会慢慢跑到靠近投球手、离击球手又不远的外场手位置。为什么他经常选择那个特殊的位置呢？这很难说得清。也许没有其他位置更利于他潜伏。投球手的眼睛没盯着他，击球手也不怎么防备他。作为一个外场手他顶呱呱，但偶尔也会自命不凡，认为自己不仅仅是个外场手，还兼负守场员、控球手、左外野手、三柱门守门员的职责。那球因他衔过来衔过去，变得有点湿漉漉的。他很活跃，紧盯场上每一个动作，因为他对这项运动了如指掌。他如果得球后，往往会不到三分钟就能得分。万一球真丢了，他会一声不吭，竭尽全力再把球抢回来，这么做往往会扑腾倒一大片灌木。他重新掌控局面后，心里暗自高兴地摆出一副郑重其事的样子。

他热衷的运动还有游泳，但他不喜欢在海里游。他一点也不喜欢海浪那难听的声音，还经常被海水呛着。我现在还仿佛能够看到他在海德公园蛇形湖里扑腾的场景，他脸上带着“世界业已毁灭”的惊恐，在我的拐棍还没伸到水面时，他就想奋力够到它。他只不过是一条体型稍大的西班牙猎犬，要想做英雄，个头还是小了点。他在水中除了救过他自己的小命外，没救过谁。那次，就在我们眼皮子底下，在一条黑乎乎的有着鲑鱼的小溪流中，他差点儿被冲到鹅卵石间的一个黑洞里。

渴望自然，春心荡漾，不管叫什么，这都是人类和犬类难以摆脱的本性，但他很少被此完全掌控。虽然我们能经常看到他在对自然的渴望与对我们的忠诚之间挣扎。看着这无声的挣扎，我也常常思考：我们理所当然地将人类文明强加于他，将他对我们的爱精心根植于他的内心，但是这些能在多大程度上取代他内心原始、自然的渴望。他就像个多情的男人，脑内渴望一夫多妻，结果只娶了一个他爱着的女人。

罗弗（意为“流浪者”）之所以成为常见的狗名，当然是有原因的。要不是我们内心有挥之不去的担忧，生怕失去连我们自己都不愿承认的内心的渴求，我们家的狗

也会叫这名字了。有人曾说，勇敢和虚伪，看似两种截然相反的品性，却又是盎格鲁—撒克逊人两种主要的性格特点，真是不可思议！但虚伪不正是固执的产物吗？固执不又是勇敢的基础吗？虚伪，说得好听一点，不就是体面吗？不就是不计代价，也绝不放弃体面吗？不就是甚至不惜牺牲真理，也绝不放弃用汗水换来的一切吗？所以我们盎格鲁—撒克逊人不会给自己取罗弗这么个名字。我们的种种行为，使得狗迷失了自己的天性。

他那一次流浪，并没有什么冠冕堂皇的理由，当然过程也永远成谜了。那件事发生在伦敦，十月的一个傍晚，有人告诉我们，他溜出去了，不知道蹿哪儿去了。接着我们便开始了四个小时揪心的寻找，这就像大海捞针一样。为了他，我们经受了几个小时的绝望和煎熬！心爱之物被吞没在伦敦那令人绝望的迷宫般的街巷内。是让人偷走了还是让车给轧了？哪种结果更糟？附近的警察局去了，“狗之家”通知了，五百份“寻走失之狗”传单的订单也已交到印刷厂工人手里了，我们也去街上找了！就在准备吃饭的间隙，我们还不断鼓励自己，不要失去信心。恰在此时，我们听到狗叫声，好像在说：“这儿有道门，我怎么打不开啊！”我们急忙冲过去，看到他就在最上头的台阶上——没闲着，既不知道羞耻，也什么原因都不说，正在要晚饭吃。很快，那五百份寻狗传单送来了。那天晚上，在我妻子上楼后，我坐在那儿，久久盯着他，不由得想到多年以前的某个夜晚，有条走失了十一天的西班牙猎犬像影子一样尾随我们而行的情景。我的心里已是翻江倒海。可是他，已酣然入睡。真是没心没肺！

哎，还有一次，晚上我一进家门就有人向我报告，说狗出去找我了。接着我返身出了门，心里七上八下的，跑到空旷的田野，吹起平时呼唤狗的口哨。突然我在黑暗中听到一阵急促的脚步声，他发疯似地扑到我的脚后跟，他到底藏在哪儿，只有他自己才知道。他藏着的时候，肯定自言自语："主人回家我才进家！"我怎么会批评他呢？那个活生生、孤零零、飞奔的黑色身影穿过更加黑暗的夜幕来到我身旁，多有诗情画意啊！毕竟，这个流浪者只是在做法上有些与众不同。平常，有谁到了睡觉时间还没回家，他就会使劲又抓又扒他的床头，以示抗议，直到床被他折腾得不像样才罢休。尽管他脸长长的，表情严肃，双耳如丝般光滑，在他身上还有很多洞熊的习性——稍受刺激，他就挖坑，虽然什么也没往里埋过；尽管他不是一条"聪明的"狗，没耍过什么把戏，也没"被展示"过；但是我们连做梦都没想过让他遭受这种屈辱。难道我们家的狗是个马戏团的小丑？游乐场的木马？一个时髦物件？一件时装？一根我们帽子上的装饰羽毛？让我们把他定期关到空气污浊的大厅里，用这种愚蠢之举来折磨他对我们的赤胆忠心？他从未听我们说起过他的身世，嫌他鼻子长，或者说他“只是看样子很聪明”。对那些把狗视为某种财产，并把狗当作带来财富或荣耀之物的人，我们是深恶痛绝的。我希望我们之间的感情像那只牧羊犬和农场主那样就好了。当有人问起农场主他的狗多大时，他抚摩着那条老狗的脑袋，这样回答：“特蕾莎（他女儿）是十一月生的，他是八月。”那天那只牧羊犬迎来了生命中的最后时刻，他已经走过了十八个年头。他的灵魂已缓缓上升，停留在厨房屋顶上的黑椽子上，附着在了浓烟上。此前，在那厨房里，他躺在主人的靴子旁，度过了不少美好时光。如果一个人超越不了“狗会给我带来什么利益”这一想法，就享受不到与狗相处时的纯粹快乐，也永远体会不到人狗相依的真谛。人和狗在一起，不在于狗的实用价值，而在于二者某种神奇而微妙的、无言的精神交融。正是因为狗的无言，狗对人来说才成为无价之宝。和狗在一起，人内心是平静的，狗不会设置恼人的语言陷阱。他就坐在那儿，默默爱着你，也知道你爱着他。那些时刻我想对狗来说也是珍贵的。从他敬慕的眼神中，可以感受到他内心对你的喜爱，他知道你心里真的有他。令人感动的是，他容许你干其他事。我家的狗一直很清楚我们工作太投入，他认为应当陪伴他而没法陪伴他时，从不变着法儿不让你工作或干扰你，以此让你把注意力放到他身上。当然，这也会破坏他的情绪，会使得他眼下面的红斑和脸上的褶皱颜色更深更明显了。假如他那时能开口说话，他会说："长时间没人理我，我也不可能一直睡大觉。这你最了解了，但我绝不会批评你。"

他一点儿也不在意你与其他人聊得热火朝天，他似乎很享受身边有人说话，也清楚说的是不是有道理。比如，他受不了男女演员朗诵般的台词，他立马就能知道他们的台词中毫无感情。为了表示不以为然，他就在屋内稍做徘徊，然后走到门口盯着，直到有人开门放他出去。有一两次，有个大嗓门的男演员正朗诵一段煽情的文字，狗倒没发作，而是走到那人跟前，对着那人的脸大喘粗气。音乐，也会使他坐立不安，他往往不是唉声叹气，就是提出疑问。有时，音乐刚刚响起，他就会跑到窗户前，一直待在那儿，期待女主人出现。其他时候，他就干脆跑过去，趴在钢琴强音踏板上。我们始终搞不明白，他这样做是多愁善感呢，还是觉得这样耳朵里就能少听到些音？在演奏肖邦的某一首小夜曲时，他总是呜咽声声。确实，他一身波兰人的气质：高兴的时候高兴万分，不高兴的时候就阴沉着脸，闷闷不乐。

总而言之，对他这么一条见多识广的狗来说，生活也许平淡无奇，尽管他也有过不同寻常的时刻。比如，他曾从四轮马车的窗户一下子跳到肯辛顿的马路上，也曾一屁股坐到达特姆尔蝰蛇身上。那次幸亏是星期日下午——蝰蛇和其他动物都懒得动，所以没发生什么事。后来，一个一直跟着他的朋友用他脚上的一只大靴子把他从蛇身上挑了起来。

要是有人多了解一下他的私生活就好了——更多了解他和同伴之间的关系！我猜，他在他们面前是一条相当神秘的狗，他对我们有很多看法，却不跟任何一个伙伴交流。而且他天生吹毛求疵，当然，对母狗除外——他对她们总是彬彬有礼，很宽容，即使她们经常转过身来就厉声斥责他。然而，他也有一段风流韵事，对方是我们同村的一条猪肝色的少女狗，与他完全不是一个阶层的。她的年龄稍稍偏大一点，身体健康，长着一双含情脉脉、司芬克斯一般神秘莫测的眼睛。他们的孩子，哎，不是为这个世界而生的，出生不久都夭折了。

他也不是一条爱打架的狗，可一旦受到攻击，他就不管这那了，也不分哪些狗他能打得过，哪些狗他根本不是对手。实际上，不如一上来就干涉他打架，尤其对方是只寻回犬的话，因为他从没忘记小时候后背曾受到过寻回犬攻击的事。对，他永远不会忘记，也永远不会原谅一个敌人。在我不愿提及的那个日子前的一个月，他已垂垂老矣，且疾病缠身，还和一条爱尔兰小猎犬打了一架，且把对方打败了，对方的厚颜无耻他早看不惯了。打架最能振奋他的精神了！他当然不是个基督教徒，但有鉴于狗的本性，他绝对是个绅士。我坚信，现如今，生活在地球上的我们大多数人离世时都愿意被称作绅士。在我们这个时代，除了托尔斯泰外，再没有人能像他一样富有逻辑，热爱真理，能给“基督徒”这个词下一个明确的定义。按照托尔斯泰对“基督徒”一词的理解，做基督徒是不适合拥有西方血统的男人的，还是做个绅士吧。在这条狗身上，无论如何也见不到小气、卑鄙、残忍等特性，虽然有时他达不到自己的理想境界，但他真诚的目光和灵魂中的忠诚从未改变过。

多少回忆涌上心头，带来的是对逝去日子的无穷回味！几多欢乐和诱惑，几多努力、失落和恐惧，他，我们那熟悉的一身黑色的家人，与我们风雨同舟；他的身影、气味和触摸，增加了我们的欢乐，减轻了我们的痛苦。千万次我们一同散步，至今我们还是习惯转过身去，看看他是否迈着轻盈的步伐跟在后面，专心嗅那看不到的气味的踪迹。这些默默无语的朋友从我们生命中离去，带走了我们生命中多少的年华啊，分离之苦让我们难以忍受。但是，如果他们能从中得到温暖，谁不会让他们享有相守的岁月呢？他们从我们这儿没索取过别的，只不过是伸展四肢，下巴贴到地上安睡。而且，不管他们索取的是什么，那一定是他们应得的。

他们是否像我们人类一样，知道他们最后的时刻必会来到？是的，有时候，他们知道。否则，我用其他办法解释不了他后半生的某些片段。他用前腿支撑着身子，常常一动不动地坐好几分钟——头耷拉着，沉默不语，随后，他转眼望着我。那眼神胜过千言万语："是的，我知道我必须走了！"如果我们有不灭的灵魂，他们也有；如果我们离开这世界之后还知道我们是谁，他们同样也知道。我想，追求真理之人绝不会贸然说，意识对狗和人来说是永存还是消亡。只有一点确定无疑——为了那个永恒的问题而纠结的那份童心！答案不管是哪一个，它一定是正确的，这是唯一的可能。他也感知到了，我知道。不过，像他主人一样，他也是个悲观主义者。

我妻子告诉我，他离开我们后，曾经回来过一次。那是在去年的新年前夕，她正伤心时，看到他向她走来，能清晰地看到他那黑色的身影。他从窗下绕到饭桌边，走到桌下他经常待的地方，蹲在了她脚旁。她非常真切地看到了他，听到他用爪子和脚指甲敲击地面的啪啪声，感觉到他暖暖的身子蹭她裙子的前摆。她还想着他会坐到她的脚面上，但有什么东西惊动了他。于是，他站起身，贴着她停了停，接着走到我经常坐但那天晚上我没在那儿坐着的位置。

她看到他站在那儿，好像在思考什么，接着听到某种响声或笑声，她缓过神来，慢慢地，慢慢地，他不见了。那是他与我们共同生活多年中最后一年的最后一个晚上，他有什么信息要传达，有什么建议要提，有什么话要说吗？他还会再来吗？

他的长眠处没立什么石碑。因为他的一生已铭刻在我们心上。

04. 一条狗的遗嘱

〔美〕尤金·奥尼尔

我叫斯维尔达纳·恩布勒姆·奥尼尔，家人、朋友和熟识我的人都叫我伯莱明。年迈已成为我沉重的负担，我知道我将不久于人世，故将我最好的情感和临终遗嘱先埋在我主人心中，直到我死后，他才会知道还有这些情感和遗嘱埋藏在他心灵一隅。当他在孤独中想起我时，会猛然记起这份遗嘱，我请求他将其刻下来，作为我的墓志铭。

我没留下什么物质的东西。狗比人聪明，他们不看重财物，不会把时间浪费在置办财产上，他们不会牺牲睡眠来为他们已有的或没有的东西而操心。我没有什么值钱的东西传下去，我要遗赠的只有我的爱和我的信念。我把这两样东西，留给爱我的人，给我的男主人和女主人，我知道他们最怀念我；留给弗里曼，他对我那么好；给希恩、罗伊、威利、娜奥米和……但如果把爱我的人全列个名单，那可能得写一本书了。或许我都要死了，这时候再吹嘘也没用了。死亡使一切生物和虚荣归于尘土，但我仍是一条极可爱的狗。

我希望我的主人永远记住我，但不要为我悲伤太久。我活着时，在他们悲伤时，尽力安慰他们；在他们高兴时，为他们增添欢乐。一想到我的死会给他们带来悲伤，我便痛苦不已。我希望他们记住，其他狗可不像我过得那么幸福，这要归功于他们对我的关爱。如今我眼瞎了，耳聋了，腿瘸了，嗅觉不灵敏了，即使一只野兔恰巧就在我鼻子底下，我可能也发现不了。我的尊严已在疾病和不知所措中丧失。生命似乎在嘲笑我赖在这个世界上不走。我感觉，我应该在成为自己和爱我的人的负担之前，跟大家说声再见。

要离开他们了，我很悲伤，但死亡本身并不令人悲伤。狗并不像人那样怕死。我们把死亡看成是生命中的一部分，并不是什么毁掉生命的可怕的灵异事件。死后是什么样子，谁知道呢？我倒是和我的朋友花斑狗想的一样，在那里，每条狗都青春永驻，美食饱腹，那就是在天堂了；在那里，一条狗和一大群多情的迷人的小花斑母狗整天泡在一起，无所事事；在那里，跑得不是很快的长腿大野兔（像迷人的小母狗）就像沙漠中的沙粒一样多，每条狗随时随刻都可以享受美食；漫漫长夜里，有百万个永不熄灭的火炉，木柴熊熊燃烧着，每条狗蜷缩着身子，在火苗前眨眼睛，不住地点头、做梦，回忆在人间勇敢的一生，以及对主人的眷恋。

对我们，甚至对我这样一条狗来说，要预知死亡的时间，的确是件困难的事，但死亡前的平静是确定无疑的。给我老化、疲倦的心脏、头颅和四肢以长久的休憩，我多么希望在人世间得以长眠。也许，这对我来说是最好的安排。

我还有最后一个诚挚的请求。我曾听女主人说："伯莱明死后，我们不再养狗了。我太爱他了，不会将这种感情再放到别的狗身上。"现在我要恳求她，为了我，再养一条狗吧。假如从此不再养狗，这不是对我最好的纪念。我希望感受到，家里养过我之后，她没有狗就活不下去了！我绝不是那种心胸狭窄、嫉妒心强的狗。我一直这样认为，大多数狗是好的。（曾经有一只黑猫，我允许她晚上和我共同睡在客厅的地毯上，她撒娇，我好心容忍她，甚至很少这么感情用事，对她的小动作还做了回应。）当然了，有些狗比其他狗要好。花斑狗，正如大家所知，是狗中最好的。

所以我推荐一条花斑狗来做我的接班人。他不一定像我壮年时受到那么好的教育，有那么好的行为举止，那么出类拔萃，那么英俊潇洒。我的主人不应该让他做能力之外的事。虽然他有自身无法避免的缺点，别人也会拿他和我做比较，这有助于使他们对我的回忆常新。但我相信，他会竭尽所能做到最好。我把我的项圈、皮带、外套和1929年在巴黎爱马仕定做的雨衣留给他。以往，我穿着它们在凡登广场闲逛，在公园大街游走，所有人都用羡慕的目光看着我。虽然这些东西穿戴在他身上，不可能穿出我的气派来。但我确信，他会尽最大努力不会表现得像条笨拙的、没见过世面的狗。在牧场上，他可能会在某些方面和我相媲美。我想，至少在追逐长耳大野兔时会比我这几年跑得更快。尽管他有很多缺点，我还是祝他在这个家中像我一样幸福快乐。

亲爱的男主人、女主人，道别前我还有最后一个请求。当你们来到我的坟前看我，心里回忆起我和你们相伴一生的幸福生活时，请以满怀哀伤而又欢快的口吻对我说："这里长眠着爱我们和我们所爱的朋友。"不管我睡得有多死，我都会听到，死神用尽全部力量都无法阻止我对你们感激地摇尾巴的心意。

05. 木木

〔俄〕伊凡・谢尔盖耶维奇・屠格涅夫

在莫斯科一条偏远的街上，有一幢带有白柱子、歪歪扭扭阳台的灰色房子，里面住着一位守寡的太太，她成天被一群仆人围着。她的儿子们在彼得堡政府部门任职，女儿都出嫁了。她很少迈出大门，只能在孤独中度过她节俭而又郁郁寡欢的迟暮之年。她的白天，毫无快乐可言，黯淡无光；而她的黄昏，则比黑夜还要幽暗。

在她的仆人中，最引人注目的当属看门人格拉西姆了。他比一般人足足高出30厘米，长得五大三粗，生来又聋又哑。夫人，他的主人，把他从农村中领来。他和他的弟兄们分家后，单住在一间低矮的小屋里。他在夫人的农民中交租最准时了。他生来就力大无穷，一个人能顶四个人，他手里的活干得飞快，看他干活就是一种享受。犁地时，他那双大手扶着犁，好像用不着那匹可怜的马拉，自己就能把那肥沃土地的胸膛给划开。再比如，圣彼得节前后，他要么发疯似的挥舞着镰刀，把那小桦树丛连根砍倒；要么飞快地挥舞着两米多长的连枷，也不知道什么叫累。他肩膀上结实的肌肉块一起一落，就像个杠杆。他老是不言不语、不知疲倦地劳作，这给他的活计赋予一种神圣的庄严感。他是个优秀的农民，要不是他又聋又哑，任何一个女孩都乐意嫁给他……可现在他们把格拉西姆带到莫斯科，给他买了靴子，做了夏天穿的大褂子、冬天穿的羊皮袄，塞进他手里一把笤帚、一把铁锨，让他做了个看门的。

起先格拉西姆极不喜欢他的新生活。打小他就习惯了干农活，习惯了乡村生活。由于聋哑，他没法和周围的人交流，他就这样长大了，说不了话，力气极大，像一棵长在肥沃的土壤里的树。当他被“移植”到城里后，他搞不明白要他到那里做什么。他很痛苦，无所适从，就像一头强健的公牛一下子从长着擦肚皮高的牧草的草场上被赶到火车车厢里一样不知所措。火车像头强壮的野兽，冒着烟，闪着火星，喷着股股蒸汽，裹挟着他一路向前，伴着那长长的汽笛声向前。要去哪儿？只有天知道！新的职责和任务对他这么一个干惯了重体力活的农民来说，简直是小菜一碟。一天的活，他半个小时就干完了。之后他就站在院子里，呆若木鸡，张口结舌地看着旁人，似乎要从他们嘴里抠出个说法来。有时他会突然跑到墙角，把拖把或铁锹扔得远远的，然后“扑通”一声趴到地上，一动不动，一趴就是几个小时，像一头被关在笼子里的野兽。但人什么事都得习惯，格拉西姆最终还是适应了城市生活。他的活不多，主要是把院落打扫干净；一天出两趟门，每趟运上一桶水；劈柴运柴；不让陌生人进院落，晚上巡夜。必须指出，他的工作热情很高。有他打理的院子里，地上从未见有碎木片，各处都被收拾得一尘不染。雨季，道路泥泞，那匹可怜的老马在拉水的路上会陷进去，他便会用膀子一顶，马车连同老马便又能往前走了。如果他开始劈柴，斧子会像劈碎了玻璃一样咔嚓响，碎木屑和柴火乱飞。有个晚上，他一下子抓到两个窃贼，然后把他俩的头摁到了一块，两个窃贼的头碰得可不轻，也没有必要把他们扭送到警察局了，街上的人都开始对他心怀敬意。在大白天进来的陌生人，虽然不是窃贼，但见到这看门人还是觉得害怕，都用手比画着，大声对他说话，好像他能听到似的。至于其他仆人，格拉西姆却难以与他们相处——他们怕他。他只是和他们相熟，把他们当同伴看。他们用手势朝他比画，他也能懂，并能准确地去办他们交代的事。他也树立了自己的威望，不久，就没有人敢在吃饭时坐他的座位了。总之，格拉西姆性格严厉，一本正经，他喜欢事事按规矩办。即便是公鸡也不敢当着他的面打架，不然痛苦就会降临到它们头上。要是让他撞上，他会伸手抓住鸡腿，在空中像转轮子一样抡上十圈，然后各扔一边。院子里还养了鹅，众所周知，鹅有派头有头脑，格拉西姆对它们尊敬有加，照管它们，给它们喂食。他自己更像是大草原上的一只雄鹅。人们把厨房上面的阁楼让给了他住，他按照自己的喜好做了布置，打了一个橡木大床，用四个木墩子做床腿——一张巨人的床。在上面放一两吨东西都没问题，也压不塌。床底下有一个结实的大箱子，墙角立着张同样敦实的小桌子，旁边有个三脚凳——很结实的小矮宽凳，格拉西姆有时会嬉笑着把它提起来又放下。阁楼门上有一把形状类似弧形白面包的挂锁，只不过颜色是黑色的，他经常把钥匙挂到腰带上。他不希望别人进他的房间。

就这样，一年过去了。年底，格拉西姆出了一件小事。

那位老夫人，大事小事还坚持按老理儿办，雇了一大群仆人。在她那所大院落里，不仅有洗衣妇、针线工、木匠、男裁缝、女裁缝，甚至还有个马具匠——他还算是个兽医，也给仆人治病，而给老夫人看病的是她的家庭医生。最后还有一位名叫卡皮通·克利莫夫的鞋匠，一个郁郁寡欢的醉汉。他自认为受了很大委屈，才能不受人重视，他这个有文化有教养的彼得堡人，不应该在莫斯科没个体面的工作，他总觉得他的才能荒废了。他之所以贪杯，正如他捶胸顿足说的，是因为心中忧伤，才借酒浇愁。一天，老夫人和大管家加夫里拉说起了他。加夫里拉，仅从他那双小黄眼睛和鸭嘴似的扁鼻梁看，似乎就命中注定了他是个管人的人。老夫人对卡皮通思想的堕落感到惋惜。而卡皮通呢，头天晚上还有人看到他醉倒在路边。

“哦，加夫里拉，”她突然说道，“哦，如果我们给他说个媳妇，你想，他是不是就稳当些了？”

“是啊，夫人，为什么不给他说个媳妇呢？夫人，他能说上个老婆。”加夫里拉回答道，“这确实是大好事一桩，夫人。”

“嗯，问题是谁会嫁给他？”

“啊，夫人，那就看您的了。这么说吧，不管怎么样，他还是个有用的人，他不能就这样漫无目标地活着。”

“我想他喜欢塔蒂阿娜。”

加夫里拉想说些什么，但欲言又止。

“好！就把塔蒂阿娜许配给他。”老夫人做出了决定，心满意足地闻了口鼻烟，“你听到了吗？”

“听到了，夫人。”加夫里拉应声而退。

回到房间（这是一间厢房，铁皮大箱子快把房子堆满了），加夫里拉先把他老婆打发走，接着坐在窗户旁沉思。他那女主人出人意料的安排给他出了个大难题。最后他站起来，派人去叫卡皮通。卡皮通来了……在向读者交代他们之间的谈话前，我们认为很有必要用几句话交代一下卡皮通命中要娶的塔蒂阿娜是谁，为什么那位老夫人的吩咐会让大管家为难。

塔蒂阿娜，是上面提到的众多洗衣工中的一位，她技术娴熟，专洗精美的亚麻织物。她二十八岁了，身子瘦瘦的，金发，左脸有几颗痣。在俄国，左脸长痣被认为是个不祥之兆——一辈子不幸福。塔蒂阿娜也的确不怎么幸福。从小她就受虐待，一个人干两个人的活，从未品尝到爱是什么滋味，穿得破破烂烂，拿的报酬最少。她也几乎没有什么能指望上的亲戚。她有个做过管家的舅舅，现在老了，不中用了，被打发回农村了，她的其他叔伯和舅舅都是庄稼人。她以前还是个大美人，但很快姿色不再。她性格绵软，或者说，胆小怕事。她从不把自己放在心上，对别人怕得要死。她不考虑别的，只想着把活尽快干完。她也不和人交流，一听到夫人的名字，就吓得浑身发抖，即使后者很少见她。当格拉西姆刚从农村来时，她一看到他那块头，就怕得要死，千方百计不和他打照面。有时她偶然从他身边走过，就低下头去，赶紧从他屋前跑回洗衣房。格拉西姆起先没怎么注意她，后来她走过来时，就冲她笑笑。再后来，他就开始大胆地用爱慕的眼神盯着她看。到最后，他就不错眼珠地盯着她不放了。他喜欢上她了，是因为她脸上温柔的表情，还是因为她动作中流露出的胆怯心理，谁知道呢。一天，她偷偷溜过庭院，双手托着浆洗过后叠得整整齐齐的老夫人的裙装夹克时……有人出其不意地从背后抓住了她的胳膊肘，她转身大叫了一声，原来是格拉西姆。他傻乎乎地笑着，嘴里发出含混不清的亲切的呜呜声，他伸手递给她一个公鸡状的姜饼，鸡尾巴和鸡翅子都镶有金箔。她不打算要，他便硬塞到她手里，然后摇了摇头，走了，又转过身来，不知嘟囔了什么话。

打那天起，他就没让她安生过。不管她走到哪里，他都会突然在那里现身，迎着她走向前，嘴里叽里咕噜地叫着，笑着冲她招手。他会冷不防从他上身穿的工作服里抽出一条缎带来，放到她手里，或者把她路上的尘土打扫干净，弄得那个可怜的姑娘手足无措，不知道做什么好了。很快，整个院子里的人都知道那个又聋又哑的看门人的鬼把戏了。嘲笑、玩笑、俏皮话，一股脑儿向她袭来。对于格拉西姆，倒不是所有人都敢嘲弄他，他不喜欢开玩笑。有他在，没人敢招惹塔蒂阿娜。无论她喜欢与否，她发现自己已置身于他的保护之下。像所有聋哑人一样，格拉西姆很敏感，别人的嘲笑，他一下子就能感觉到。一天吃晚饭时，那个专管洗衣服的管理员，塔蒂阿娜的顶头上司，故意找她的碴，弄得可怜的塔蒂阿娜不知道眼睛该往哪里瞧好了，快要被气哭了。格拉西姆猛地伸开他那巨手，一下子摁在管理员的头上，恶狠狠地瞪着她，她则一下子俯下身去。没有人敢吭声。格拉西姆又拿起汤匙，继续喝他的菜汤。“瞧这个无声的恶魔，森林中来的魔鬼！”他们都小声嘟囔着。管理员站起身来就回到自己的房间去了。还有一次，格拉西姆看到卡皮通——就是上面提到的那个卡皮通——正和塔蒂阿娜在那里认真嘀咕着什么，格拉西姆便做了个手势，把卡皮通领进马车棚里，拿起一根立在墙角的辕杆，轻轻地，并且意味深长地威胁他。此后，再也没人敢搭讪塔蒂阿娜。所有这些都没给格拉西姆带来麻烦。至于那个管理员，一到自己的房间，便一下昏了过去，表演得那么有技巧，以至于老夫人当天很快就知道了格拉西姆的粗鲁行为。但是喜怒无常的老夫人只是笑了几笑，而让那个管理员倍感羞辱的是，老夫人竟然强迫她重复讲述格拉西姆是如何用他那大手摁她的头的。第二天，老夫人让人给格拉西姆送去了一卢布。她很欣赏这个身强力壮而又忠心耿耿的看门人。格拉西姆着实怕着老夫人几分，不过，他希望女主人能开恩，把塔蒂阿娜许给他。他一直在等待管家答应给他的新外套，好穿得板板正正地去见老夫人，可就是那位老夫人，突然心血来潮，要把塔蒂阿娜许配给卡皮通。

读者现在就会明白管家加夫里拉为何在和老夫人那次谈话之后就发愁了吧。“老夫人嘛，”他坐在窗户旁，心想，“器重格拉西姆，这是肯定的（加夫里拉对此心知肚明，这也是他本人对格拉西姆比较放任的原因），毕竟他没法说话，我不能把他追求塔蒂阿娜的事在老夫人面前抖搂出来。说真的，他会是个古怪的丈夫。不过，话说回来，那个恶煞，老天原谅我，要是他知道他们把塔蒂阿娜许配给卡皮通，他会把房子里的东西都给砸了。我敢发誓，跟他没法理论。唉，他就是这么个凶神恶煞。老天，请原谅我的罪过，那样的话，绝不会有谁能让他回心转意的，我敢发誓！”

卡皮通的出现，打断了加夫里拉的思考。这个只知道喝酒的鞋匠倒背着手进来了，他懒洋洋地、若无其事地倚在门旁一处墙角上，右腿搭在左腿上，头一甩，似乎在说：“你想干什么？”

加夫里拉瞧了他一眼，手指不停地敲着窗框。卡皮通只是眯了眯他那无神的小眼睛，没低头看。他甚至轻轻冷笑了一声，用手理了理花白凌乱的头发，说：“喂，是我，有什么事？”

“你真棒啊。”加夫里拉说道。他停了一下，又说：“确实挺行，不容否认。”

卡皮通只是耸了耸他那瘦小的肩膀。“你竟然这么讽刺我，可你也比我好不到哪里去！”他心里说。

“你瞧瞧，瞧瞧你自己。”加夫里拉接着继续数落他，“看你成了什么样子了！”

卡皮通平静地扫了一眼身上破破烂烂的外套和打着补丁的裤子，又看了看那双张了嘴的靴子，尤其是左脚上的靴子，然后定睛注视着管家。

“有什么事啊？”

“有什么事？”加夫里拉重复了一句，“有什么事？你说有什么事？你就像个妖魔。请老天原谅我这样说，这就是你的样子！”

卡皮通眼睛眨啊眨的。

“好，接着骂，加夫里拉·安德烈伊奇，如果你喜欢，那就继续。”他心里说。

“你又喝醉了！喝醉了，不是吗？哦？嗨，回答我呀！”

“因为身体欠佳，我才喝了点酒，这是真的。”卡皮通答道。

“因为身体欠佳？……你就是挨罚挨得太少了，这就是原因所在。亏你还在彼得堡做过学徒……你做学徒时学的本事呢？你就是好吃懒做！”

“在这件事上，加夫里拉·安德烈伊奇，只有一个人有资格说我是对还是错，那就是老天爷！别人无权！只有老天爷晓得我在这世上到底是个什么样的人，我是不是好吃懒做。至于你说我酗酒，在这一点上，你不该指责我，我还有一个朋友，是他引诱我，然后耍了个花招，跑了，而我……”

“而你这个傻瓜醉倒在街头，你这个浪荡子！不过，我们不谈此事。”管家接着说，“我告诉你件事。我们老夫人……”他顿了一下，“我们老夫人的意思是你该娶个老婆了。你听到了吗？她想，你结了婚，也许就稳当些了。你能明白吗？”

“我当然明白。”

“好。依我看，最好得有个人严加管教你。当然，这是老夫人的意思。怎么样，你同意吗？”

卡皮通咧着嘴直笑。

“结婚对谁来说都是好事一桩，加夫里拉·安德烈伊奇。你若问我的话，我很愿意。”

“嗯，很好。”加夫里拉说道。他心里思忖：“不用说，这个人表达得倒恰如其分。”“还有，”他接着大声说，“老夫人给你挑选的这个媳妇不怎么样。”

“哦，谁？请允许我问一句，是谁？”

“塔蒂阿娜。”

“塔蒂阿娜？”

卡皮通睁大了眼睛，身子从墙边往外挪了挪。

“喂，你吃惊什么呀？……难道她不合你的意吗？”

“不合我的意？你说的是塔蒂阿娜吗？她很合适

了，一个吃苦耐劳又安稳的好姑娘……你心里也明白，加夫里拉·安德烈伊奇，不过那个家伙，那个从森林里跑出来的野人，那个大草原来的魔鬼，也在追求她，你也知道……”

“我知道，伙计，我都知道。”管家气呼呼地打断了他的话，“可是，你看看……”

“我发誓，加夫里拉·安德烈伊奇！呃，他会杀了我，天啊，他会杀了我，他会像拍死一只苍蝇一样杀了我。天啊，你看他那拳头，你好好地看看他那像沙包似的拳头。他有一双像米宁和波扎尔斯基雕像里那样的拳头。你知道，他听不见，他打人，他是听不到他怎么打人的！他挥舞着那双巨拳，好像睡着了一般乱舞。想制服他，没门！为什么？原因你也知道，加夫里拉·安德烈伊奇，他是个魔鬼！而且，他像我的脚后跟一样，没脑子。呃，他就是头野兽、一个蠢货，还有……一个木头疙瘩。我造了什么孽？我为什么要受他的气呢？当然，我是无所谓了。我不着家，我受够了，我的心像个瓦罐一样，碎了。但我还是个男人，不是个一文不值的破瓦罐。”

“我明白，我明白，别说多了……”

“老天爷啊！”鞋匠继续激动地说，“什么时候才是个头啊？什么时候啊？老天爷！我是一个苦命的人，一个注定要一辈子受苦的人！我过的什么日子啊，想想，我过的什么日子啊！我小时候做学徒，挨德国人的打；长大了，受我们自己人的打；成年了，看我混成什么样子了……”

“哎呀，你这个软蛋！”加夫里拉·安德烈伊奇说，“为什么你唠叨个没完？”

“为什么这样说，加夫里拉·安德烈伊奇？我不怕挨打，绅士可以在私下里打我骂我，但当着众人的面对我说话得文明些。我还是个男人。你看看，我在和谁搅和……”

“好，你走吧！”加夫里拉不耐烦地打断了他的话。卡皮通转身摇摇晃晃地走了。

“嗳，要是没有他的话，你愿意吗？”管家看着他的背影大声问道。

“悉听尊便。”卡皮通说完就不见影了。

甚至在这种场合，他还不忘炫耀他的口才。

管家在屋内来来回回踱步。

“好，叫塔蒂阿娜给我过来。”他下定了决心。

不大一会儿，塔蒂阿娜几乎是悄无声息地走过来，站在了门口。

“您有何吩咐，加夫里拉·安德烈伊奇？”她小声问道。

管家仔细打量着她。

“啊，塔蒂阿娜，”他说，“你想嫁人吗？我们夫人给你物色了一个新郎官。”

“是的，加夫里拉·安德烈伊奇。夫人打算指定谁做我的新郎官？”她支支吾吾地追问了一句。

“鞋匠卡皮通。”

“好的，先生。”

“当然，他是个浑头浑脑的家伙，正是因为这样，老夫人才指望你能好好管教他。”

“好的，先生。”

“就是有一件难事……你知道那个聋哑人，格拉西姆，他正在追求你。你看看，你是怎么把这么一头熊给迷住的？要知道，他会吃了你的，这很有可能，这头大狗熊……”

“他会杀了我，加夫里拉·安德烈伊奇，他会杀了我，没错。”

“杀了你……好，咱们走着瞧吧。你怎么说他要杀了你？他有何权力杀你？说说看。”

“我说不上来，加夫里拉·安德烈伊奇，我不知道他有没有权力。”

“你这个傻姑娘！哎，你没答应他吧，我想……”

“您想知道些什么呢？”

管家不再吱声，心里想：“你呀，真是个小绵羊！好，先就这样吧。”接着他大声说道：“过后再找你聊，现在你可以走了，塔蒂阿娜。我看你确实是个老实听话的人。”

塔蒂阿娜转过身去，倚着门框镇静了一下，然后离开了。

“也许，我们老夫人明天就把结婚这档子事全忘了。”管家心想，“我在这儿瞎操什么心。说起那个粗野的家伙，要是事情真到那一步，我们必须把他给绑起来，报告给警察局……”“乌斯季尼娅·费奥多罗夫娜！”他大声叫他老婆，“烧上茶，我的好老婆……”一整天塔蒂阿娜几乎没离开过洗衣房。起初，她哭了起来，然后又擦去泪水，像往常一样开始干活。卡皮通则和他的朋友一起在酒馆待到深夜。卡皮通的朋友阴沉着脸，卡皮通向朋友详细介绍了他过去在彼得堡跟着一位先生生活的情况。那位先生什么都好，就是有些太严厉，还有个小毛病，嗜酒如命，而且对于女人，那是来者不拒啊。他那位耷拉着脸的朋友仅点了点头。但当卡皮通最后宣布，因为一件事他明天得自杀时，他那朋友说了声该睡觉了，接着他们一声不吭就离开了。

再说管家，他的愿望没能实现。老夫人一门心思想着卡皮通的婚事，甚至晚上她和她的陪侍不谈别的，只谈这事。那个陪侍的唯一任务就是在老夫人睡不着觉的时候陪她聊聊天，和值夜班的车夫一样，白天再睡。当加夫里拉喝完早茶、汇报完工作后，老夫人的第一个问题是："我们说的婚事怎么样了？进展顺利吗？"他回答道："当然了，顺顺当当，卡皮通打算今天就来向您叩谢。"老夫人身体不大舒服，处理了一小会儿事后，就把剩下的全托付给了管家。管家回到自己房间，召集大家开了个会，毕竟这事的确需要认真研究一下。塔蒂阿娜那里当然没什么困难，而卡皮通却高声宣布，他只有一个脑袋可掉，没有两三个……格拉西姆阴沉着脸，匆匆扫了大家一眼，他不愿意离开女仆房间的台阶，似乎猜到了大家正在密谋什么来对付他。来开会的有个上了年纪的管餐橱的人，绰号"尾巴大叔"，大家都很尊敬他，遇到事都找他商量，不过这次从他嘴里说出来的都是"这确实是个问题，难办啊，难办，难办"之类的话。最终他们决定，首先得采取点安全措施。为了防止发生意外，他们把卡皮通锁在放净水器的储藏室里，然后又继续讨论最有效的办法。使用武力解决起来会很容易，但如果弄不好，会引起骚乱，给老夫人带来困扰，那就麻烦大了！该怎么办呢？他们想来想去，最终想出一个办法。他们多次发现，格拉西姆最讨厌醉汉……每当他坐在大门口，看到有人喝得醉醺醺的打门前经过，身子摇摇晃晃，歪戴着帽子时，他就恶心地转过身去。他们决定叫塔蒂阿娜装醉，然后让她摇摇晃晃，打着圈儿走过他身旁。那个可怜的姑娘开始不同意这样做，但最终大家还是说服了她。她也清楚，这是摆脱她这个追求者唯一可行的办法。她出去了，卡皮通也被从储藏室放了出来。毕竟，这件事与他有关。格拉西姆正坐在门旁的路牙子上，用铁锹铲地……其他人在角落或窗帘后面盯着他的一举一动……计划顺利得超过了预期。看到塔蒂阿娜，他像往常一样，频频点头，喉咙里发出关切的、含混不清的呜噜呜噜的声音。接着，他仔细看了她一眼，扔下铁锹，跳起来，走上前，把脸凑近她的脸……她一害怕，身子摇晃得更厉害了，还闭上了眼睛……他抓住她的胳膊，拽着她走过院子，进入大家刚开会的那个房间，一下子把她推到卡皮通跟前。塔蒂阿娜一下子吓晕了……格拉西姆站在那儿，看着她，挥了挥手，冷笑了一声，然后迈着沉重的步伐朝他的阁楼走去……整整一天，他没迈出阁楼一步。赶车的安季普卡后来说，他从墙缝里瞧见格拉西姆坐在床板上，手托着腮帮，不时轻声地、有节奏地哼唱，他在唱一首挽歌。他闭着眼，头一上一下地点着，就像驾车人或船夫在唱他们忧郁的歌谣。安季普卡受不了，从墙缝边走开了。当格拉西姆次日从阁楼走出来的时候，大家看不出他有什么特殊的变化。他似乎和先前一样，只不过更显忧郁，看都不看塔蒂阿娜和卡皮通一眼。当日夜晚，塔蒂阿娜和卡皮通一起出现在女主人面前，腋下各夹着一只鹅来谢恩。一周后，两人完婚了。甚至在婚礼当天，格拉西姆行为上也没什么明显异常。只是他从河边回来时，没运回水来，水桶在路上不知怎么摔坏了。晚上，在马棚里，格拉西姆使劲给他那匹老马擦洗身子，他用力很猛，把马擦得就像风中的草一样乱晃。在他那铁掌下，老马的四条腿一直轮流站着，生怕摔倒了。

不过这些都是春天的事了。又一年过去了，卡皮通变成了一个无可救药的酒鬼，完全不中用了。他和老婆一起，坐着店铺的马车，被撵到一个遥远的村庄。临走的那天，他一开始还假装若无其事，夸口说，不论将他们遣送到哪里，哪怕是天涯海角，他也会守着家。后来，他泄劲了，开始发牢骚，说自己正被打发到那些没教养的人中。他整个人最后彻底崩溃了，甚至自己连帽子也戴不上了。有个好心人帮他把帽尖朝前弄端正了，然后从上面“啪”的一声扣到了卡皮通的头上。等一切都准备妥当，车夫把缰绳攥在手里，单等听到“老天保佑”便可出发了。这时格拉西姆走出阁楼，走到塔蒂阿娜跟前，塞给她一方一年前给她买的红棉手帕，作为两人分别的纪念。塔蒂阿娜，刚才还对她生活在这里的种种波折万念俱灰，这时再也控制不住了，眼泪夺眶而出。她坐在马车的座位上，按礼节连吻了他三次。他本想把她送到城门口，但跟着车走了一会儿，突然在克里米亚渡口停住了。他朝她挥了挥手，然后朝河边走去。

天快黑了，他慢慢地走着，边走边瞧着河面，突然，他看到什么东西在岸边的泥水里挣扎。他蹲下去，看到一个黑白相间的小狗，不管怎么挣扎，就是爬不出泥潭来。她一直在挣扎。她爬上来，又滑下去，她那湿漉漉的小身子抖个不停。格拉西姆看着这个不幸的小家伙，一手把她拎起来，揣进怀里，急忙大踏步往家赶。他走进阁楼，把这条救回来的小狗放到床上，给她裹上厚重的

大衣。他先跑到马棚里取干草，再去厨房里端来一碟牛奶，然后小心翼翼地把大衣掀开，在床上铺上干草，把牛奶放到床板上。这个可怜的小狗估计还没有三周大，眼才刚刚睁开，一只眼还似乎比另一只略大。她不知道怎么从碟子里舔奶喝，只是眯着眼睛，一个劲儿地发抖。格拉西姆轻轻地用两根手指抓住她的头，把她的小鼻子摁到牛奶里。小家伙突然贪婪地舔起来，鼻子噗噗的，身子哆嗦着，还呛着了。格拉西姆看了又看，突然大笑起来……一整夜他都守在她身旁，不时给她铺稻草，给她擦干身子。最后他困极了，就在她身边静静地、幸福地睡着了。

没有哪个妈妈像格拉西姆照看这条小狗这样用心。开始她身体很虚弱，长得也很难看。可渐渐地，她身子壮了起来，也变得好看了。在她的救命恩人不懈地照顾下，八个月的时间里她已经长成一条漂亮的西班牙猎犬了：长长的耳朵，蓬松的喇叭状的尾巴，大大的、会说话的眼睛。她总是黏着格拉西姆，从不离开他半步，无论什么时候都摇晃着尾巴在后面跟着他。他还给她取了个名字——木木（这是格拉西姆为引起别人注意时发出的含糊不清的呜呜声）。院子里所有的仆人都喜欢她，也跟着喊木木。她天生聪明，对每个人都很友好，最喜欢格拉西姆。格拉西姆呢，对她可以说是痴爱了，别人抚摩她的时候，他还会不乐意。至于是他怕别人把她抢走了，还是嫉妒别人那样，只有天知道！她常常一早就拽他的衣服，把他弄醒。她还常常把马缰绳衔在嘴里，把那匹拉水的老马牵到他跟前（她和老马相处得很好）。她常郑重其事地陪伴他走到河边。她还经常守着他的扫帚和铁锹，从不让外人进入阁楼。为了她，格拉西姆特意在门板上钻了个小洞。木木仿佛觉得，只有在格拉西姆的阁楼里她才是个真正的女主人，才自由自在。所以一进阁楼，她便心满意足地一下蹦到床上去。到了晚上她是绝不会睡的，但她不会像那些愚蠢的看家狗一样没事瞎叫唤，她收起后腿，蹲在地上，眨着眼睛，鼻子朝天，仰望星空，没有特殊原因，她连微弱的叫声都不会发出来。如果她开始吠叫，要么是有陌生人经过围墙，要么是哪地方有比较可疑的动静或沙沙声。实际上，她是条优秀的看家狗。除了木木外，院落里还有一条身上有褐色斑点的叫沃尔夫的黄毛老狗。他一直被拴着，就是到晚上链子也没打开过。他已经老得不成样子了，甚至连自由也不再去想了。他经常在窝里蜷着身子，偶尔打着哈欠发出一声微弱的呻吟，但马上就停止了，好像连他自己也觉得这叫声没什么作用。木木从未踏进过老夫人的房间。每当格拉西姆往各房间送木柴的时候，她就跟在后边，不耐烦地在台阶上等他出来，她一直竖着耳朵，门里只要有一点细微的响动，她的头就会扭过来扭过去乱看……

就这样，又一年过去了。格拉西姆还是干守门人的活，并且对他的生活非常满意。不料，突然发生了一件意想不到的事……

在一个美好的夏日，老夫人和女仆在客厅内来来回回踱步。老夫人的兴致很高，又说又笑，还讲笑话。那些低眉顺眼的仆人也跟着她笑，跟着开玩笑，但她们并不觉得特别开心。院子里的人都不太愿意老夫人开心。为什么呢？首先，老夫人在开心时会要求其他人立刻完全融入她的喜悦当中，如果有一个人面露不悦，她就会勃然大怒；其次，她的高兴也就是一会儿的事，转眼之间老夫人就会变得闷闷不乐，阴沉着脸。不过今天她起床后运气很好，摸牌时摸到了四张J，这预示着她今天会心想事成（她每天早上起来都会用牌算命），所以今天的茶她喝起来分外香，女仆受到了口头表扬，还被赏了几个小钱。老夫人那满是皱纹的嘴角露出了一丝微笑，她在客厅里走来走去，然后走到窗前。窗外是个小花园，在花坛正中的玫瑰丛下，木木正在那里抱着一根骨头啃。老夫人看到了她。

“天哪！”她突然大喊，“那是谁家的狗？”

那位可怜的侍女被她这么一问，愣了一下，内心突然忐忑不安，任何一个处在下人地位的人在搞不清楚主子那一声喊叫是什么意思时，往往都是这样一种反应。

“我……我……我不知道，”她结结巴巴地说，“好像是格拉西姆的。”

“还好，”老夫人打断了她，“这小狗还挺可爱！快把她弄过来。他养了很长时间了？我以前怎么没见过她？……快把她弄过来！”

侍女立刻从前厅里飞跑出去。

“来人，快来人！”她大声喊道，“快把木木带进来，她在花园里呢。”

“那她是叫木木了，很好听的名字。”老夫人说道。

“嗯，确实好听。”侍女附和着说，“赶快，斯捷潘！”

斯捷潘是一名长得粗粗壮壮的男仆。听到叫喊后他一头扎进花园，上去就要抓木木，可她很机敏地从他指尖间溜走了。她撅着尾巴，飞快地向格拉西姆跑去。格拉西姆此刻正在厨房里清理水桶。水桶在他手里立起来又倒下，像在玩小孩的鼓一样。斯捷潘在后面追，想在格拉西姆脚下把狗抓住。但狗很懂事，不想让陌生人碰她，她一蹦便跑了。格拉西姆冷笑着看着这一幕。斯捷潘吓了一跳，赶忙站起身，慌慌张张用手向格拉西姆比画着，解释说老夫人让把狗带过去看看。格拉西姆虽有些惊讶，可他还是叫住了木木，把她抱起来，递给了斯捷潘。斯捷潘急忙把她抱到客厅，放到木地板上。老夫人开始哄着把狗唤到跟前。木木长这么大就没进过这么富丽堂皇的厅堂，她很害怕，往门外猛蹿，但被喜欢溜须拍马的斯捷潘给挡了回来。她身子发抖，蜷缩在墙根。

“木木，木木，过来，来你主人跟前。”老夫人说，“过来呀，你这个小傻瓜……别怕。”

“过来，木木，快到主人跟前来。”仆人们都跟着说，“来呀！”

但木木慌张地往四下里看了看，一动也没动。

“给她拿点吃的。”老夫人说道，“她真傻，还不愿跑到主人跟前。她怕什么呢？”

“她是认生吧。”一个侍女小心翼翼地用讨好的语气说。

斯捷潘端来一碟子牛奶，放到木木跟前，但木木闻都不闻，还是在那里发抖，像刚才一样，左瞧瞧，右看看。

“唉，你是真傻啊！”老夫人说着，走到她跟前，蹲下身子，正要伸手摸摸她，可木木突然扭过头来，对老夫人龇牙咧嘴，吓得老夫人连忙把手缩了回去。

一阵短暂的沉默。木木轻轻哀号了一声，好像是在发泄不满，又好像是在道歉……老夫人闷闷不乐地退了回去。这条狗的意外举动把她吓坏了。

“哎呀！”所有的仆人立刻失声尖叫，“她没咬着您

吧，夫人？老天保佑！（木木长这么大就没咬过人）哎呀！哎呀！”

“把她轰走！”老夫人的声都变了，“可恶的小狗崽子，真可恶！”

接着，老夫人慢条斯理地转过身，朝卧室走去。下人们你看看我，我看看你，面面相觑。大家正要跟上去，她突然停下来了，冷冷地盯着她们，说：“你们要干什么？我又没叫你们。”说完便走了。

下人们绝望地朝斯捷潘摆了摆手。他把木木抱起来，一下子把她扔到了门外，正好扔到格拉西姆脚下。之后的半个小时，整个院子里一片死寂。老夫人坐在她的沙发上，脸色比雷雨云还要阴沉可怕。

真没想到，这种芝麻粒大的小事，也会搅得人心不安！

直到晚上，老夫人还是不高兴，谁也不搭理，牌也不打了。她连别人给的香水也感觉闻起来和以前不一样了，还觉得枕头有股肥皂味儿，她让管衣橱的丫头将所有的衣服、被子都闻了个遍——实际上，她只是生气发泄情绪罢了。她夜里也没睡好。第二天一早，她比平时提前一个小时吩咐人把加夫里拉叫来。

“请你告诉我，”加夫里拉心里惴惴不安，脚刚迈过她卧室的门槛，她就开腔了，“我们院子里是什么狗叫了一夜？它是不是成心不想让我睡啊！”

“狗？夫人，什么样的狗？夫人……说不定是格拉西姆的那条狗，夫人。”他结结巴巴地说。

“我不管是格拉西姆的还是谁的，它就没让我睡成觉。我就想不明白，我们喂这么多狗干吗？！我就是想问个明白，我们不是有条看家狗了吗？”

“是的，有一条，夫人，叫沃尔夫。”

“既然已经有了一条了，为什么还养？我们养那么多狗干吗？只会添乱。家里没个管这事的人——问题就出在这里。格拉西姆养狗做什么？是谁允许他在我的院子里养狗的？昨天我走到窗前，看到那条狗正趴在花园里，不知道从哪里衔来一块脏东西，在那里啃，那里可种着我的玫瑰花……”

夫人打住了。

“今天就得让她离开这里……你听到了没有？”

“好，夫人。”

“今天就得弄走。现在你回去吧。回头我找你，听你的回话。”

加夫里拉离开了。

经过客厅时，管家为了保持整洁，还把摇铃从一个桌子挪到另一个桌子上。他在大厅偷偷擤了擤他那鸭嘴状的鼻子，进了前厅。当时斯捷潘正躺在存放东西的箱子上睡觉，他的睡姿就像描绘战争的画里被杀死的勇士那样，两只光着的脚，从当作被子的大衣下伸出来。管家推醒了他，小声给他交代了任务。斯捷潘呢，像是在打哈欠，又像是在笑。管家一走，斯捷潘便站起身来，穿上大衣和靴子，走出前厅，在外面台阶上站住。不到五分钟，格拉西姆背着一大捆柴火出现了，后面跟着他那形影不离的木木。（老夫人吩咐过了，她的卧室和化妆间即使在大夏天也得不时地生火供暖。）格拉西姆在门前侧了侧身子，用肩膀把门推开，背着柴火摇摇晃晃走进院子。木木像往常一样，在门外等他。斯捷潘瞅准机会，突然向她猛扑过去，像老鹰抓小鸡一样，把她扑倒在地上，两手一抱，甚至来不及戴帽子，就抱着她走出院子。他跳上了遇到的头一辆马车，然后往猫狗市场飞奔而去。在那里，斯捷潘找到一个买家，以半个卢布的价格把木木卖了出去，条件是买家得把她至少拴上一星期。他接着便赶回来了。在到家门之前，斯捷潘跳下马车，围着院子绕了一圈，从后面一条小街翻过围墙，跳进了院子。他不敢从大门进，生怕碰到格拉西姆。

不过，他完全没有必要担心，院子里没有格拉西姆。原来，格拉西姆从院子里出来时，他马上就发现木木不见了。他记得木木从来没有不等他出来过。他找遍了各个角落，用自己特殊的方式叫她……他冲向阁楼，爬上干草棚，跑到大街上，来来回回找……她不见了！他走到别人那里，用最绝望的手势，向他们追问她的下落。用手比画着她离地多高，长得什么样……一些人真不知道木木的下落，便摇摇头；有些人确实知道，但也只是以笑作答。而管家却装出一副高高在上的模样，开始训斥他，格拉西姆立刻跑出院子。

他回来时，夜幕已经降临。从他疲惫不堪的神情、踉跄的脚步和满是尘土的衣服就可以猜到，他找遍了半个莫斯科。他静静地站在女主人窗户对面，扫了一眼挤在台阶上的一群家奴。他转过身，再一次闷声闷气地叫了一声："木木！"木木没回答。他离开了。大家都目送着他离开，没一个人发笑，也没一个人说话。好奇的车夫安基普卡第二天早晨在厨房跟大家说，格拉西姆一整夜都在唉声叹气。

第二天一整天格拉西姆都没露面。他们不得不让车夫博塔普代他去拉水。博塔普一脸的不高兴。老夫人问加夫里拉，她吩咐的是不是照办了。加夫里拉回答说他已经办好了。第二天早上，格拉西姆走出阁楼，开始干活。午饭时，他吃完便走，跟任何人都不打招呼。他的脸，像所有聋哑人一样，本来就没什么表情，现在更像块石头。吃完晚饭后，他又走出院子，但不大一会儿便回来了，直接爬上干草棚。夜幕降临，月光如水。格拉西姆躺

在那儿，喘着粗气，辗转反侧。突然，他感觉有东西在扯他的衣角。他动了动身子，但没抬头看，甚至把眼闭得更紧了。衣服又动了一下，这次比上次力气大。他坐起身来一看，差点跳了起来。是木木在扯他的衣角！木木的脖子上套着绳子，身子转来转去。一声长长的欢快的声音从格拉西姆的胸腔里迸发出来。他搂住木木，把她紧紧抱在怀里。就在那一刹那间，她将他的鼻子、眼睛和胡子舔了个遍……他站了站，想了一会儿，小心翼翼地滑下干草堆，向四周望了望，见没人发现他，便很快摸到他的阁楼。格拉西姆以前就料到，他的狗不会自己走丢，她一定是在主人的吩咐下让人给弄走了。仆人们向他比画过，说木木对女主人龇牙咧嘴过。他决心采取些措施。首先，他给木木喂了点面包，摸了摸她，把她放到床上，然后冥思苦想怎样才能把她藏稳妥，想了整整一夜。最后他决定白天把她藏在阁楼里，自己抽空去瞧瞧她，晚上再把她带出来。他用旧外套将门洞严严实实地堵上。天刚蒙蒙亮，他就出现在院中了，装出一副若无其事的样子，甚至脸上还露出先前沮丧的表情。这个可怜的聋哑人没想到木木发出的呜呜的叫声早就将她自己暴露了。实际上，除了老夫人，院子里的每个人很快都知道格拉西姆的狗回来了，被锁在阁楼里，只是出于对他和她的同情，或许还有对他的畏惧，他们假装不知道。管家也挠挠头皮，无可奈何地摇了摇头，似乎在说："好，好，愿老天保佑他！可别传进老夫人的耳朵里！"

那天，格拉西姆干活时从未如此充满活力，他把整个院子扫了又扫，把土铲了又铲，用手拔净每根杂草，把小花园的每根篱笆桩都拔出来，一一检查是否结实，直到自己满意后，才亲手把它们一一敲回去。实际上，他这样卖力地干活，甚至连老夫人也注意到了。白天，格拉西姆偷偷溜到阁楼两次去探望他的"犯人"。一到晚上，他就离开干草棚，回到阁楼和狗睡在一起，只是在夜里两点钟，他才把狗领出来呼吸新鲜空气。

他们在院子里转了好大一会后，正打算回去，突然从靠巷子的围墙外传来一阵沙沙声，木木竖起耳朵，走到围墙跟前，嗅了嗅，然后发出一声刺耳的尖叫声。原来是有个醉汉想在围墙那里过夜。恰在那时，老夫人正好刚在持续性的"神经失常"之后睡着，这种"失常"症状常出现在丰盛的晚餐后。这突然的狗吠声把她惊醒，她的心跳加速，快晕过去了。"姑娘们，姑娘们！"她哼哼唧唧地喊道，"姑娘们！"吓坏了的侍女冲进卧室。"哦，哦，我快不行了！"说着，老夫人的手开始到处乱抓，"又是那条狗，又是那条狗！……哎呀！快叫医生来。他们是想要我死啊……那条狗，又是那条狗！啊！"她头往后一仰昏了过去。大家赶紧去叫家庭医生哈里顿。他的全部本领就是穿软底靴，知道如何优雅地把脉，一昼夜睡十四个小时，其余时间则是不断叹息和给老夫人服月桂油。哈里顿赶紧跑过来，用点燃的羽毛熏屋子。当老夫人睁开眼睛，他立即用银托盘递给她一红酒杯秘制的药水。老夫人喝了下去，接着便开始带着哭腔数落起那条狗和加夫里拉，抱怨自己命不好，哭诉她是位多么可怜的老妇人，大家都不管她，没有人可怜她，人人都盼着她死。此时，那不走运的木木又吠叫起来，格拉西姆怎么叫她离开院墙都不管用。"那儿……那儿……又叫起来了。"老夫人哼哼唧唧，接着又翻起白眼了。医生小声跟个侍女说了点什么，她立刻跑到前厅，晃醒了斯捷潘。斯捷潘又跑过去把加夫里拉叫醒。加夫里拉怒气冲冲地命令所有人立即起床。

格拉西姆转过身来，看到窗户中的灯光和闪动的人影，心里预感到大祸临头。他一只胳膊夹着木木，跑进阁楼，把自己锁进屋里。几分钟后，便有五个男人前来砰砰地敲门，感觉到门被闩上后，他们便停了下来。加夫里拉心惊胆战地走上来，要求他们全待在那儿，一直守到天明。他自己则飞奔到侍女们的住处，通过自己的一位老搭档柳博芙·柳比莫夫娜传话给老夫人，说很倒霉，那条狗不知从哪儿跑回来了，并说第二天一定把狗给杀了，请老夫人开开恩，别生气，别放在心上。加夫里拉曾在柳博芙的帮助下，偷过茶叶、糖和其他食品杂货，并做过假账。要不是医生情急之下给老夫人服下四十滴而不是十二滴药水，她还不会这么快就安静下来。大剂量的镇静剂很快发生作用，一刻钟后，老夫人便酣然睡去。格拉西姆脸色煞白地躺在床上，紧紧捂住木木的嘴。

第二天早上老夫人醒得比较晚。加夫里拉一直要等到她醒后，才能下达最后强攻格拉西姆小屋的命令，而他也做好了面对狂风暴雨的准备，但暴风雨并没有到来。老夫人躺在床上，派人去叫来平时跟着她的年龄最大的下人。

“柳博芙·柳比莫夫娜。”她压低了声音说——她喜欢扮演受压迫而后被抛弃的受害者的角色，不用说，每每这个时候，院子中的每个人都会被弄得极不舒服。“柳博芙·柳比莫夫娜，你看看我现在这个样子。去，亲爱的，去找加夫里拉·安德烈伊奇，跟他说，难道他把一条狗看得比他主人的安宁和……生命……还重要吗？一想到这我就受不了。”她又深情地补充了两句，“去，亲爱的，你行行好，为我去加夫里拉·安德烈伊奇那里跑一趟。”

柳博芙·柳比莫夫娜走进加夫里拉的房间。他们俩谈了什么，我们不得而知。但没过多久，一大群人从院子里走过，直奔格拉西姆的阁楼而去。领头的是加夫里拉，虽然并没有刮风，但他还是用一只手扶着帽子。听差的和厨师紧随其后。尾巴大叔从窗户里往外观察着发号施令，虽然只是打打手势而已。断后的，是一群蹦蹦跳跳的男孩，其中一半是外面跑过来的野孩子。在通往阁楼狭窄的楼梯上端坐着一个守卫，门口还有两个守卫持棍站着。他们开始走上楼梯，把整个楼梯全给堵住了。加夫里拉走到门前，用拳头砸门，大喊："开门！"

可以听到里面闷闷的狗叫声，但没听到格拉西姆的回应。

"我跟你说，开门！"他又重复了一遍。

"可是，加夫里拉·安德烈伊奇，"斯捷潘从下面说，"你是知道的，他聋啊，听不到。"

大家哈哈大笑。

"我们怎么办？"加夫里拉在上面问道。

"哦，门上有个洞。"斯捷潘回答，"你用根棍子戳戳。"

加夫里拉蹲下身去。

"他用大衣或其他东西堵上了。"

"哦，那就把大衣捅到里面去。"

此时，门内又传出一声沉闷的狗叫声。

"瞧瞧，瞧瞧，露馅了吧。"人群中有人发话。众人又笑了。

加夫里拉挠了挠后脑勺。

“不，伙计，”他最后说，“要是你愿意，还是你来把大衣戳进去吧。”

“好，让我来。”

斯捷潘爬上来，拿起一根棍子，把大衣戳进去，在窟窿眼里把棍子搅了几下，说：“出来！出来！”他正搅着，突然咣当一声，门开了。所有的人马上发疯似的顺着楼梯往下跑，加夫里拉冲在最前面。尾巴大叔吓得赶紧插上了窗户。

“下来，下来，下来。”加夫里拉在院子里大喊，“你想要干什么？”

格拉西姆一动不动地站在门口，人们挤在楼梯口。格拉西姆双手掐腰，居高临下，俯视着下面这群身穿德式大衣的仆人。他身穿农民穿的红色衬衫，在仆人们面前就像一位巨人。

“伙计，注意，别冲动。”加夫里拉说。

接着加夫里拉用手比画着给格拉西姆解释，是女主人非要杀了他的狗，格拉西姆必须马上把狗交出来，否则对他不利。

格拉西姆看了看他，指了指狗，用手做了一个套脖子的动作，好像他正将绳索拉紧，然后用询问的目光看了一眼管家。

“对，对，对，就是这样。”管家频频点头，表示同意。

格拉西姆低下了头，突然又抬头指了指木木。她一直在他身旁站着，天真地摇着尾巴，还好奇地竖起耳朵。他又比画了一遍勒脖子的动作，还煞有介事地拍了拍胸脯，好像对大家说，他要亲手杀了木木。

“你就糊弄我们吧。”加夫里拉摆手回答他。

格拉西姆看着他，轻蔑地冷笑着，又拍了拍胸口，嘭的一声把门关上。

众人面面相觑，都不作声。

“什么意思？他把自己锁在屋里了。”加夫里拉说道。

“随他去吧，加夫里拉·安德烈伊奇。”斯捷潘发表了看法，“他既然答应了，就会做到。他就是这样的人，你又不是不知道……如果他答应了，他就会办到。在这一点上，他和我们这伙人不一样。一就是一，二就是二。真的，是这样。”

“对。”仆人们点头附和道，“对，是这样，对。”

尾巴大叔推开窗户，也说：“对！”

“好，也许你们说得对，那咱们走着瞧。”加夫里拉说，“无论如何，我们不能把看守的人给撤了。喂，你，叶罗什卡！”他转身对一个身穿黄棉大衣的家伙说道（那人是个园丁），“你该干点什么？拿根棍子，坐在这儿。要是有什么事，赶快来向我报告。”

叶罗什卡拿了一根棍子，在楼梯的最后一级台阶上坐下。除了几个看热闹的小男孩没走，其余人都离开了。加夫里拉也回屋了，还是通过柳博芙·柳比莫夫娜向老夫人禀报，说一切都已办妥。同时，以防万一，他还让车夫去叫了警察。老夫人把手帕打了个结，往上面喷了些香水，闻了闻，然后用它擦了擦太阳穴，喝了些茶。由于月桂油还在发挥作用，她又睡着了。

吵吵闹闹过后，又过了一个小时，阁楼的门开了，格拉西姆出现在门口。他穿上了最好的衣服，用一根绳子牵着木木。叶罗什卡闪到一旁，让他过去了。格拉西姆走到大门口，院子里所有的小孩都静静地注视着他。他甚至连头都没回，到了街上才把帽子戴上。加夫里拉还打发叶罗什卡在后面跟着他，监视他，盯着他的一举一动。叶罗什卡远远地看到他牵着狗进了一家小酒馆，就又等他出来。

小酒馆里的人和格拉西姆很熟，能看懂他的手势。格拉西姆要了份带肉的菜汤，在桌旁坐了下来，将胳膊肘支在桌子上。木木在他的座位旁边站着，用她那聪慧的眼睛静静地看着他。她浑身的毛滑溜溜的，看得出刚被梳理过。他们把菜汤端上来，格拉西姆往里面掰了些面包，把肉撕成小块，把碟子放到地上。木木还像平时一样，吃饭姿势优雅，她那小嘴刚好挨着食物。格拉西姆盯着她，看了好大一会儿。两颗大大的泪珠突然夺眶而出，一滴掉到狗的额头上，一滴掉到汤里。他用手挡住脸。木木吃了半盘子，不吃了，舔着嘴唇离开了。格拉西姆起身付钱后，出去了，店里的伙计在背后迷惑不解地望着他。叶罗什卡看到格拉西姆出来，赶紧藏到一个墙角后面，等格拉西姆走过去之后，他又在后面跟着。

格拉西姆不紧不慢地走着，还是用绳子拴着木木。当他走到街角时，停住了，好像有些拿不定主意。突然他快步朝克里米亚渡口走去。路上他拐进一个院子，那家人正在盖小屋，他出院子时腋下夹了两块砖。在渡口，他转身沿着河堤走，走到一根木桩上拴有两条小船的地方（他以前就注意到了），他和木木纵身跳上其中一条小船。一个跛腿的老人从菜园一角的窝棚里走出来，在后面大声吆喝。格拉西姆只是点点头，开始用力划船。虽然是逆水行舟，但片刻之间，他已划出两百米开外。老人站了一会儿，先用左手，再用右手挠了挠后背，然后一瘸一拐地走回窝棚。

格拉西姆划呀划呀，很快把莫斯科抛在身后。河两岸是一片片草地、果蔬园、田野和杂树林。农民的一座座小木屋开始映入眼帘，到处是田园气息。他把船桨丢在一边，低头去看木木。因为船底已经微微进水，木木正蹲在一块干燥的船板上一动不动看着他。他把那双强有力的大手交叉放在木木背上。这时候，小船随着波浪缓缓向着城镇漂去。最后，格拉西姆匆忙站起身来，脸上出现痛苦而又气愤的表情。他用绳子把弄来的砖缠住，打了个活结，套在木木脖子上，把她高高举在河面上，最后再看她一眼……她用信任的目光看着他，没有一丝恐惧，无力地摇了摇尾巴。他转过身去，皱着眉，松开了手……格拉西姆什么也听不到，无论是木木下落时发出的急促的尖叫声，还是落水时重重的拍击声。对他来说，最吵闹的白天也是毫无声息的，正如最清静的夜，对我们来说也是毫无声息的一样。当他再次睁开眼睛，一簇簇细小的浪花你追我赶，很快四散开去，啪啪地拍打着船舷，一圈圈越来越大，直达远处的河岸。

格拉西姆刚从叶罗什卡的视线中消失，后者便回家报告他看到的一切。

“好，那么，”斯捷潘说道，“他会淹死她。我们可以放心了。他既然答应了……”

一整天，没人再见过格拉西姆，他没在家吃午饭。天快黑了，大家都来吃晚饭了，他还是没露面。

“那个格拉西姆可真怪啊！”一个身材臃肿的洗衣妇尖声尖气地说，“大家想想，为了一条狗把自己折磨成这样……我的天啊！”

“对了，格拉西姆来过这里了。”斯捷潘正拿着勺子喝粥，突然大声说道。

“怎么来的？什么时候？”

“噢，几个小时以前。对，是真的！我在门口撞见他，他正往外走，从院子里往外走。我还想问问他的狗怎么样了，他的心情很不好，我能看出来。嗯，他推了我一下，我想他只是想叫我让一让，他好像在说：‘让我过去！让我走！’可他在我脖子上抓挠了这么大一个疙瘩，还真疼，哎哟！哎哟！”斯捷潘不由讪笑起来，他耸了耸肩，摸了摸后脑勺。“是的，”他接着说，“他拳头硬。弄了个拳头似的大疙瘩，没错！”

大家拿他取笑一阵，饭后各自回房睡觉去了。

就在这个时候，有个巨人，肩上扛着个包袱，手里拿着根棍子，正急匆匆地一步不停地在T号公路上大踏步走着。这个巨人正是格拉西姆。他正一心往前赶，头也不回一下。他是在往家赶，往他村里，往他自己的家乡赶。把可怜的木木淹死后，他跑回阁楼，急忙抓起几样东西，包到一床旧被子里，打成捆，扛到肩上，接着就上路了。以前被拉到莫斯科的时候，他就留心这条道了。女主人带他离开的村庄，离这条公路不到25俄里。他在公路上走着，心里怀着坚不可摧的意志和不顾一切、无比快乐的决心。他迈开大步向前走，昂首挺胸，两眼热切地直视着前方。他加快脚步，好像老母亲在盼他归来，又好像他混迹异乡，漂泊已久，母亲在呼唤他回到自己身边。夏日的夜晚，天刚刚擦黑，宁静而温暖。西面的天空，太阳已落山，天际依然发白，落日余晖将其染上一抹淡淡的粉红色。东面，青灰色的天空暮色已升起，夜从那里慢慢降临。鹌鹑千百成群，长脚秧鸡在树丛中你呼我叫……格拉西姆听不到它们的声响，也听不到夜间他那粗壮有力的双脚走过时两旁树木轻微的窸窣声，但他能闻到从黑黢黢的田野飘来的熟悉的正在灌浆的黑麦的芳香，能感觉到迎面而来的夜风。从家乡吹来迎接他的夜风轻柔地拂在他的脸上，抚弄着他的毛发和胡须。他分明看到了前面一条笔直的、泛着白光的回家的路。他看到天边的繁星点亮了他前进的路。他迈开步子，强壮、勇敢如雄狮。当冉冉升起的一轮红日将湿漉漉的霞光照在这仍然精神抖擞、不知疲倦的壮汉身上时，他已离开莫斯科35俄里了。

两天以后，格拉西姆回到家乡，回到自己的小木屋，这让住在那里的一个士兵的老婆深感震惊。在神像前默祷一阵子后，格拉西姆立刻出门去见村长。村长先是一愣，但割草季节刚刚开始，而格拉西姆的割草技术一流，他们当场就把一把镰刀放到他手上。于是他便像以前一样去割草。看他一大片一大片把草割倒，身后留下一堆堆草时，他们都惊呆了。

再说莫斯科，格拉西姆出走后的第二天，大家才想起他。他们去他的阁楼仔细搜查了一遍，然后向加夫里拉报告。加夫里拉来了，看后耸了耸肩，判断那个哑巴不是跑了，就是连同他那条笨狗淹死了。他们向警察局报案，禀报老夫人。老夫人不由大怒，大哭了起来，下了一道命令，无论如何都要找到他，并说她从没说过要狗死。实际上，这是在变相批评加夫里拉，使得他一整天只是摇头叹息："咳！"直到尾巴大叔拦住他，发出一声同情的叹息声："咳！"后来从乡下传来信，说格拉西姆已经回村了，老太太才稍稍安心。一开始，她发布了一条命令，要把他马上弄回莫斯科。可后来她又说，这么个忘恩负义的家伙，要他何用！后来，老夫人很快就过世了，她的继承人们顾不上格拉西姆，他们让母亲的其他家奴恢复自由，条件是每年都要交租子。

格拉西姆仍然孤身一人住在他那所小木屋里。他的身体还跟以前一样强壮、健康，一个人依旧能干四个人的活儿，依旧严肃沉稳。但邻居们发现，自从他从莫斯科回来后，就不和女人们打交道了，甚至连看也不看她们一眼，狗也不养了。

“还是他有好福气，”村民们这样议论他，“没有女人，照样生活下去。要说养狗——他要狗干什么？要说防贼吧，他家招不了贼，没有贼敢为了钱踏入他家院门一步！”

06. 黄狗回忆录

〔美〕欧·亨利

我想，读一个动物投来的稿件，是不会把你们人类从万物之灵的位子上赶下来的。吉卜林先生和其他作家已经证明了一个事实：动物们能用英语表达它们自己，并挣得些稿费。现如今，如果杂志上不刊载一篇动物故事，甚至不能付印。当然，除了那些还登着布莱恩和培雷火山大爆发照片的几种老式月刊。

但是诸位，在我这篇文章里，不必非得寻找高雅文学的影子，诸如丛林文学中会说话的波波熊、美美蛇、乖乖虎之类的故事；也不必期待一条大半辈子都生活在纽约一所廉价公寓里，平时睡在墙角一件破旧棉缎衬裙（在朗硕曼夫人的宴会上女主人撒上波特酒的那件衬裙）上的大黄狗写的文章会讲究什么艺术手法。

我生下来就是条小黄狗，出生日期、出生地、家世以及出生时的体重都不详。我所记得的头一件事，是一个老太太用篮子挎着我，在百老汇和23号街交叉路口想把我卖给一个胖太太。哈伯德老妈妈吹嘘我，说得天花乱坠，说我是个纯种的波美拉尼亚种—汉布尔顿尼亚—红爱尔兰—交趾支那—斯托克—鲍基斯猎狐小狗。胖太太提着个购物袋，最后还是做了让步，在横棱绸纹法兰绒布样里翻腾了好大一会儿，抓出一张五美元的钞票交给对方，算是买下了我。从那时起，我就成了一个宠物——一位妈妈爱不释手的心肝宝贝。唉，亲爱的读者，一个重达二百磅的满嘴法国卡门培尔乳酪和西班牙脆皮烤肉味儿的女人，把你抱起来，用鼻子往你身上到处乱拱，并且一个劲儿嗲声嗲气地模仿艾玛·埃姆斯的腔调说：“噢，喔，嗯，小宝宝，呆宝宝，心肝宝宝。”这样的待遇您可享受过？

渐渐地，我从一条“纯种”的小黄狗成长为一条默默无闻的老黄狗。我的毛色看起来就像是一只安哥拉猫和一箱柠檬杂交形成的。但我的女主人从没意识到这一点。她认为当初诺亚赶进方舟的两条原初的狗只不过是我

祖先的旁支血亲。她曾带我到麦迪逊广场花园去冲击西伯利亚猎犬大奖，结果被两个警察挡在了门外。

我给您说说那套公寓。那所房子在纽约算是普通的，门廊的墙面铺着帕罗斯大理石，一楼地面铺着碎鹅卵石。我们的公寓要爬三阶——哦，不是上三层楼梯——才能上去。我的女主人租它的时候里面没配家具，于是她放进去几样常见的东西——1903年款的古朴的带套垫客厅坐具、绘着哈勒姆区茶道室艺伎的彩色石版画、大叶植物盆栽，还有一个和家具没什么差别的丈夫。

我敢对天狼星发誓！对于男主人这个两条腿的动物，我发自内心地为他感到悲哀。他是个长着黄头发、胡子跟我的差不多一样多的矮个子男人。您说他怕老婆？是啊，巨嘴鸟、火烈鸟和鹈鹕都敢啄他。在家里他刷盘子，听女主人唠叨二楼穿鼠皮大衣的女人在绳条上晾不值钱的破烂东西。每晚女主人准备晚饭时就打发他牵着绳子带我去遛遛。

如果男人知道了女人独自在家是如何打发时间的，他们就不会结婚了。女主人总是不住嘴地吃花生脆片糖，不时地往脖子的肥肉上抹一点儿杏仁霜。盘子、碟子她是不会刷的，好抽空和送冰人聊上半小时，然后她会拆阅一捆旧信件，还要就着泡菜喝两瓶啤酒，之后扒着窗户从遮帘孔里偷窥天井对面的公寓一个小时——这些就是她打发时光的全部内容。男主人下班回家前二十分钟，女主人才收拾房子，固定好发垫，别让它露出来，拿出一大堆针线活来，做上十分钟，装装样子。

我在那个公寓里过着我的生活。一天里有大半天时间我都趴在角落里，观察那个胖女人消磨时光。我有时打个盹，妄想着出去把猫都赶到地下室，对着戴黑手套的老太太汪汪直叫，做一些狗该做的事。接着，她就会口水连天地向我猛扑过来，对着我心肝啊宝贝啊乱喊，还吻我的鼻子——可是我有什么法子啊？狗嘴里又吐不出象牙来。

既然追不成猫，我便开始为做为丈夫的男主人感到难过。我们俩长得很像，一出去，人们就注意到了这一点。所以我们避开了摩根汽车行驶的大道，哪怕是去走仍堆满去年十二月份积雪的穷人住的街道。

一天晚上，当我们这样散步的时候，我竭力装成一条非凡的圣伯纳德犬的样子，而男主人努力摆出能欣赏一位手风琴师演奏门德尔松《婚礼进行曲》的架势。我抬起头看着他，用我说话的方式说：

“你为什么看起来那么不高兴，你这个麻絮包裹起来的窝囊废？她不吻你，你也不用像我那样坐在她的大腿上听她唠叨。她的唠叨能编成一本音乐喜剧，听起来像是爱比克泰德的箴言。你应该庆幸自己不是一条狗。振作起来，你这个已婚的家伙，与悲伤告别。”

这个婚姻不幸的人低下头，仿佛通狗性似的看着我。

“哦，狗儿，”他说，“好狗儿。你看上去要说人话了。你在说什么呢，小狗？是小猫吗？”

猫！会说人话！

当然了，他理解不了，人类听不懂动物的语言。人和动物只有在文学作品里才能用语言相互交流。

我们公寓楼道对面住着一位女士，她养着一条黑棕相间的小猎犬。她丈夫用绳子牵着它，每晚带它出去散步，经常兴冲冲地吹着口哨回来。一天，我和那条黑棕花斑狗在走廊里碰了碰鼻子，打了声招呼，我要它解释解释为什么它的男主人能那么高兴。

“看，看这儿，你这个扭呀跳呀的。”我说，“你知道，在大庭广众之下，让一个真正的男人充当一条狗的保姆，还真不是他该干的。我从来没见过哪个牵着汪汪叫的狗在街上走的男人不想揍那些瞧他热闹的人，但是你那位老板每天回来时都一副心满意足的样子，像一个业余魔术爱好者在变鸡蛋戏法儿。他是怎么做到这样的？别跟我说他喜欢遛狗。”

“他？”小猎犬说，“喔，他用的是一种自然疗法，也就是把自己灌醉。起先，我们出来玩时，他害羞、小心得像蒸汽轮船上别人都下大赌注而自己不敢下注的人。等到我们串了八个酒馆的时候，他就不在乎他绳子上拴的是条狗还是条鲶鱼了。有一次我在过旋转门时尾巴竟被挤掉了两英寸。”

我从小猎犬那里得到了一些启示——这种自然疗法还挺有意思的，不妨一试。于是我陷入了深思。

一天晚上，大约六点钟时，我的女主人吩咐男主人别闲着，带贝贝出去呼吸一下新鲜空气。我一直没交代，“贝贝”是她给我起的名字。那条小猎犬叫“吱吱”，我想要是追兔子，我比它强。不过“贝贝”这名字简直有伤狗的自尊。

在一条人车稀少的街上，在僻静处一个引人注目、雅致的酒馆前，我拉紧了主人手中的绳子。然后，我猛地冲向酒馆的大门，就像新闻快讯所报道的那条狗一样呜呜乱叫。当然那条狗叫，目的是让全家人知道小主人艾莉丝在小溪旁摘百合花时深陷泥沼了。

“哎，该死的，我没看错。”老人咧嘴笑了，“如果这个和柠檬矿泉水颜色一样的橙黄色毛小子不是想让我进去喝一杯，那才见鬼了。让我想想，我有多长时间没来这里磨过鞋底了？我相信，我肯定会——”

我心里清楚，我也了解他。他坐在桌边，要了一杯热的苏格兰威士忌。一个钟头里，他一直要酒喝。我在他身旁蹲着，向服务员轻轻地摇着尾巴，享受着免费晚餐。

当苏格兰威士忌喝光了，桌子上只剩下黑面包时，男主人把我从桌子腿上解开，走到外面，像个渔夫摆弄条鲑鱼一样逗我玩。他解开我的项圈，把它扔到大街上。

“可怜的狗啊。”他说，“好狗，她再也不会亲吻你了。真可耻。好狗，走吧，让公共汽车从你身上碾过去，你就解脱了。”

我坚决不走。我在老人的腿边又蹦又跳，高兴得像在地毯上做游戏的哈巴狗。

“你这个跳蚤脑瓜、捉土拨鼠的老家伙。”我对他说，“你这个对着月亮咬，又嗅兔子、偷鸡蛋的老猎狗，我可不想离开你。你看不出来吗？我们都是被关进笼子里的小狗。太太就是那残酷无情的大叔，她把洗碗布扔给你，给我抹杀跳蚤的药，把粉红色的蝴蝶扎在我的尾巴上。为什么不和这些一刀两断，从此我俩永远做朋友呢？”

也许你会说，他听不懂——也许他真的听不懂，但他喝的热苏格兰威士忌让他有几分醉意，他站稳了，思考了一会儿。

“狗，”他最后发话了，“我们在这世界上没有十几条命，也很少有人会活到三百岁以上。如果我再去看那公寓一眼，我就是蠢猪。你要是再去看的话那就更蠢了，这可不是瞎说。我敢用六十赔一的赔率打赌，要是咱们去西部，准行，能大获成功。”

现在没有绳子拴着我了，我和主人一起欢欢喜喜向第二十三街渡口走去。沿途的猫有理由庆幸它们长了四只识趣的爪子。

在泽西区，我的主人对一个站着啃葡萄干面包的陌生人说：

“我和我的小狗，要去落基山区。”

但让我最高兴的是，当男主人揪住我的两只耳朵，疼得我嗷嗷叫时，他说："你这个稀松平常的猴脑袋瓜、老鼠尾巴、硫黄色的受气包，你知道我打算叫你什么吗？"

我想到了"贝贝"，便悲哀地叫了起来。

"我想叫你'皮特'。"我的主人说道。即使我有五条尾巴一起用力来摇晃，也表达不出我的高兴劲儿来。

07. 一条狗的独白

〔美〕马克·吐温

第一章

我的爸爸是条瑞士救护犬，妈妈是条柯利牧羊犬，而我是个长老会教友。这是我妈告诉我的，不过我并不了解这些词语有何细微的区别。对我来说，它们只是一些毫无意义的高大上的词语。我妈却对此情有独钟，她经常把这些词挂在嘴上，她还喜欢看其他狗听到这些词后脸上流露出的惊讶又嫉妒的表情——他们心里保准在想，她怎么这么有学问。说实在话，这算不上什么有学问，只不过是我妈的表演罢了。这些词语，一部分是她在餐厅和客厅从别人那里听来的；另一部分是她跟着孩子们去星期日学校，在那里学来的。不管什么时候，只要她听到一个长词，就会念叨很多遍，一直记到邻居家的教友聚在一起时。那时，她就会将这些词抖搂出来，让包括口袋犬和大型猛犬在内的所有犬都大吃一惊，羞愧难当。而她呢，此前背单词时吃的所有苦头在这会儿也都值了。如果有陌生的狗缓过神来，对此表示怀疑，问我妈那些词是什么意思，她总能一一解答。这大大出乎陌生狗的意料，他以为能抓住我妈妈的漏洞，让她难堪，可最后发现难堪的不是她，反倒是自己。其他狗则常常期待这种情景出现，为她高兴，为她自豪，因为他们有类似经验，知道接下来会发生什么。当她解释一个词时，他们光是听着就会对她心生崇拜，没有一条狗会怀疑她的解释是否正确。这种无条件的崇拜是自然而然的：一是她张嘴就来，就像一个活字典；二是他们能去哪儿求证对错呢？她可是唯一一条有学问的狗啊。渐渐地，我长大一点的时候，一次她回家时学了一个词：无知。在接下来的一周内，在不同的场合，她努力解释这个词的意思，结果只是惹得听众心里不快，情绪不高。我注意到了，一周内，在八次不同的聚会上，每当她被问到那个词是什么意思时，她都能立刻说出个新的意思来。她的头脑反应能力其实强过她的学问，当然这一点我不会挑明。她手头时时刻刻准备好了一个救急词，那个词就像一个救生圈，每当灾难来临，她便信手拈来，在极有可能一下子失足落水的时候套上，这个词就是“同义词”。如果这个集会上恰巧有一条不识趣的狗，当他听到妈妈突然在讲她几周前就讲过，也做了多种解释而后被她抛在脑后的词时，他往往很大一会才能反应过来。当他向她追问时，她的大脑已顺风行驶在另一条航线上，对此毫无预料。我，唯一一条知道她底细的狗，看得到她思想的风帆颤动着松弛了一会儿——仅在一瞬间——接着便拉紧，张满帆了，她就会像夏日一般平静，镇定地说：“它和‘额外工作’或其他类似一个词同义。”说完，她便若无其事地轻松转入下一个话题，非常自然。留下那条狗在那儿，好像亵渎了神灵，满脸羞愧。其他狗则一起和着节奏，用尾巴拍打着地面，脸上洋溢着神圣的笑容。

短语也是这样。她常会把整个短语带回家。如果短语发音优美，她就会花上六个晚上和两个上午来练习，而且每次解释都有新意——她必须这么做，她所关注的是短语本身，对短语的意思并不感兴趣，她知道自己就算是解释了，其他的笨狗无论如何也理解不了。她是最优秀的！她因此无所畏惧。在那些无知的狗面前，她自信心满

满。她甚至讲得出前主人和客人听了会捧腹大笑甚至大呼小叫的逸闻趣事。不过通常，她会把两件毫不相关的事硬扯到一块，当然，它们连贯不起来，也就没什么意义。当她把笑点甩出来后，便倒地打滚，疯了似的大笑、大叫。我能看出她自己心中也在疑惑，这故事怎么没有她第一次听到时那般好笑了！但也无妨，其他狗也会随之打起滚来，汪汪大叫，心里为未能抓住故事的笑点而暗自羞愧。他们从不会想到，错不在他们，这种拼凑的故事本身也没什么好笑的。

从这些事上，你就能看出我妈那自负、无聊的个性。当然，她还是有优点的，且足以弥补她性格的缺陷。她心地善良、举止温柔，对自身所受的伤害从不心怀怨恨，而是轻轻放在一边，置之度外。她教育孩子们时和颜悦色。从她身上，我们也学到面临险境要勇敢果断、努力面对，在朋友甚至陌生人遇到危难时，要毫不犹豫、竭尽所能地帮助他们，不计较自己的得失。她不仅用语言教导我们这样做，也用实际行动给我们做出了榜样，这是最好、最可靠和最持久的方式。看，她的英雄壮举就是最伟大的表现！她是位勇士，却又那么谦虚低调。你会情不自禁地崇拜她，以她为榜样。在她的圈子里，甚至一条查理士王小猎犬也不敢无法无天，恣意妄为。你看到了吧，除了有知识外，她还有很多地方可圈可点。

第二章

当我长大以后，我还是被卖掉了。自从被别人抱走后，我再也没见过妈妈。分别的时候，她很伤心，我也伤心，我们当时都哭了。她极力安慰我说，我们是带着一个清醒、美好的目标来到这个世界的，我们必须无怨无悔地尽到自己的责任，过好自己的生活，同时也要让他人生活得更美好。不要在意结果如何，那不是我们要考虑的事。她说，人如果做到这样，来世很快就会有好报、厚报。我们动物虽然不会去那个世界，但依然要把事情做好，做正确的事。虽然没有来世的回报，却会使我们短暂的一生更有价值和尊严，这本身也是一种回报。她是随孩子们一起去星期日学校时学到这些的。为了自己，也为了孩子们，她把这些生命的哲理记到脑子里，比记那些词啊、短语啊更用心。人们会发现，她有一个聪明、睿智的大脑，尽管还有一些轻飘、浮华的东西在里面。

回过头来，再说我们的告别。我们眼泪汪汪，彼此再看对方最后一眼。最后她跟我说——我想她放到最后说是让我要牢记——“记住妈妈的话，当别人有难时，别只顾自己，要想想妈妈，要像妈妈那样做”。

你想我能忘了吗？忘不了！

第三章

这是多么可爱的一个家啊！我的新家有一幢漂亮的大房子，室内装饰豪华，墙上挂着许多画，家具考究，宽敞明亮。阳光洒满屋子，使得室内高雅的色调更加明亮。房子周围是大片空地，还有一个大花园，里面有草坪、名贵的树木、鲜花——一眼看不到头！我也是这个家中的一员了。他们爱我、宠我，而且没给我改名，还是叫我原来的名字——艾琳·玛华尼。这名字听着亲切，因为那是妈妈起的。她是从一首歌里听来的，我的主人格雷一家知道那首歌，说这名字很美。

格雷太太三十岁了，你想象不到她有多么甜美可爱。萨迪十岁，长得和她妈妈很像，简直是格雷太太的微缩版。她背后扎着红褐色的马尾辫，身穿短连衣裙。格雷太太还有个一岁大的宝宝，胖乎乎的，脸上带着酒窝。宝宝非常喜欢我，总是拽着我的尾巴取乐，拥抱我，发出纯真幸福的笑声。格雷先生三十八岁了，是个瘦高个，长相挺英俊，就是有点秃顶。他很机敏，手脚很利索，办事效率也很高。另外，他很守时，做事坚决果断，轻易不感情用事。他那棱角分明的脸上似乎闪耀着冷若冰霜的理性之光！他是一位知名的科学家。我不知道“科学家”是什么意思，但我妈应该知道怎么去使用那个词，还能达到想要的效果。我妈知道如何一提“科学家”就让一条捕鼠犬垂头丧气，让一条小哈巴狗感到难过。但最厉害的词不是“科学家”，而是“实验室”。我妈能用这个词组建一个实验室托拉斯①，能把整群狗用来做交税凭证的项圈去掉。正像大学校长的狗所说的那样，实验室不是一本书、一幅画，也不是你洗手的地方——那是洗手间。实验室和一般房间完全不一样，里面到处是瓶瓶罐罐，还有电路板、电线和奇形怪状的机器。每周会有其他科学家过来，坐在那里，操作机器，讨论问题，做他们所谓的“实验”，获得新发现。我经常跟男主人去家中的实验室，站在旁边仔细倾听。为了纪念我妈，我试图学点东西。一想到她来日无多，我却一无所获，就常常让我感到痛苦。尽管我已经很努力了，但什么也没学到。

① 译者注：垄断组织的高级形式之一。

有时我趴在女主人工作室的地板上睡懒觉，她就轻轻地把我当作她的垫脚凳，要知道那样我会感到很舒服，因为这也是一种爱抚。有时我在婴儿室待上一个小时，浑身的毛被婴儿抓得乱糟糟的。有时婴儿睡着了，保姆为了孩子的事离开几分钟，我就在婴儿床边守着他。有时我撒欢儿，在院子里、花园里和萨迪到处跑，直到我俩都玩得筋疲力尽了，我就躺在树荫下的草地上睡觉，她就在我旁边读书。有时我也出去和邻居家的狗见见面。周围有很多很不错的狗，其中有一条名叫罗宾·阿代尔的卷毛的爱尔兰长毛犬，他长得帅气，彬彬有礼，举止优雅。像我一样，他也是个长老会教友，他的主人是位苏格兰牧师。

家中的仆人都对我很好，他们都喜欢我。你看，我生活得很舒服，没有比我过得再幸福的狗了，也没有比我更懂得感恩的狗。我总是对自己这样说，因为事实就是这样：我全力以赴把每件事做好、做对，无愧于妈妈和妈妈对我的教导——抓住那到手的幸福。

光阴荏苒，我也有了孩子，我幸福极了，我也拥有了一份最完美的快乐。这个小家伙可爱极了，走路摇摇晃晃的，身上是那么光滑、柔软。它有着可爱而又笨拙的小爪子和深情的小眼睛，还有那甜甜的天真的脸庞。看到主人家的孩子们和女主人那么喜欢它、爱护它，为它做的每

一件精彩的小事而惊叹，我也感到自豪。生活对我来说似乎太美好了，直到……

冬天来了。一天，我正守护在婴儿房，说实话，我在床上睡着了，小宝宝在我旁边的婴儿床上也睡着了，我们的旁边就是壁炉。床上面罩着一顶薄纱帐，能看清里面的小宝宝。保姆出去了，就我们俩在房间里睡觉。突然，一个火星从柴火里迸出来，点燃了纱帐。我猜想刚开始时没什么动静。等到婴儿的一声尖叫把我惊醒时，纱帐的火苗已经直蹿屋顶！惊恐之中，我想都没想，一下子跳到地上，然后朝门口冲去。可是就在那一瞬间，妈妈对我的教导在我耳边响起，我又返身冲到婴儿床前，把头从火苗中探过去，咬住孩子的腰带，拼命把他衔了起来。我们俩在浓烟中跌到了地上，我又咬住腰带，把哇哇大哭的孩子一直往门外拖，甚至拖到了走廊的拐角处，还在继续往外拖。我的心里满是兴奋、幸福和骄傲。

这时传来男主人的吼叫声："滚，你这该死的畜生！"为了保命我跳到一边。他在盛怒之下跑得飞快，追上我，用他的手杖猛打，吓得我左右躲闪，最后，我的左前腿还是重重挨了一棍子。我大叫一声，栽倒在地，一下子动弹不得，那时真是无助。他又抡起手杖来，还想打我，不过这次手杖停在了半空中，因为保姆发疯似的喊道："婴儿房着火了！"男主人赶紧朝那边冲过去，这样我才得救了。

那会儿可真是疼痛钻心，但我完全顾不上这些，因为我一分钟也不能耽搁，男主人随时有可能再回来打我。我就拖着一条腿，一瘸一拐地走到走廊那头，那里有个很暗的小楼梯，直通阁楼。我听说过，阁楼里有废纸箱子和其他杂物，这家人很少上去。我好不容易才爬了上去，在黑暗中，在一堆堆的破东西中摸索一番后，找了一个最隐蔽的地方藏了起来。现在想想，在那种地方还会害怕真是愚蠢，然而那时我还是感到恐惧，怕得大气儿不敢出，也不敢发出呻吟声，虽然呻吟能让我好受些，因为那样能减轻痛苦。但我只能舔舔瘸腿，这样也管点用。

足足有半个小时，楼下一直在骚动。后来喊叫声和匆忙的脚步声最终都平息下来，一切归于平静。这种平静持续了几分钟。要感谢我强大的意志力，恐惧感开始消退。在我看来恐惧比疼痛还糟糕——糟糕得多。但接下来的声音让我僵在那儿了。他们在喊我——喊我的名字——他们在找我！

由于距离稍远，声音含混不清，但这些无法减轻我的恐惧，那是我听到的最吓人的声音。那声音四处游荡，在楼下，沿着走廊，穿过各个房间，又传到楼上，钻到阁楼里，然后又传到屋外，越传越远……回声又在屋内外响起。我觉得这恐怖的呼叫永远永远不会停下来。过了几个小时后，阁楼那微微的暮色被漆黑的夜色彻底吞噬后，声音最终还是停了下来。

接着，在寂静中，我的恐惧感渐渐消退，我安心地睡着了。我睡了个好觉，但不到天明就醒了。我心里好受多了，便盘算出了一个逃跑计划来，一个不错的计划。那就是，沿着后面楼梯爬下去，然后藏在地下室门后，待天明送冰人过来，趁他往冰箱里加冰的时候溜出门逃走。白天我会躲起来，待夜幕降临再开始我的逃亡之路——到一个没人认识我、不会向主人报告我行踪的地方去。我现在可以说很高兴，但转念一想，我的孩子带不走，日子过下去还有什么意思？

那可真是绝望和束手无策。我想通了，我必须在原地坐等，接受一切，这就是生活——妈妈说过。接着，又有人喊我了！悲伤又涌上我的心头，我心里念叨着，主人是永远不会原谅我了。我确实搞不明白，我哪里做错了，能让他那么伤心，那么怨恨我。我判断，我犯的错肯定是狗理解不了，人却明白的，我做了让人厌烦的事。

他们似乎在不分昼夜地找我。不知过了多长时间，我快饿坏、渴坏了，我的身体状况越来越差。你要是处在这种情况中，肯定会靠大量睡眠来解决问题，我也是。睡着睡着我突然惊醒了——那叫声似乎就在阁楼里！确实是，是萨迪的声音。她抽抽噎噎哭着喊我的名字。可怜的孩子，听到她的话，我高兴得不敢相信自己的耳朵。

“回来吧……回到我们身边来，原谅我们……没有了你，我们真是伤心啊！”

我感动得不由自主发出了一声微弱的叫声，接着，萨迪在黑暗中从杂物间跌跌撞撞摸索过来，就像生怕家人听不到似的，她大声喊道：“找到了！找到了！”

接下来的日子真的很美好。格雷太太、萨迪和仆人们，他们好像对我顶礼膜拜起来。他们给我支起了一张好得不能再好的床，给我吃当季没有的野味和美味佳肴。主人家的好友、邻居纷至沓来，听他们讲述我的“英雄事迹”——这是他们这么称呼我做的那件事的。这个词的意思是“农业”，我记得有一次我妈在窝里提过“英雄事迹”这个词，也解释过，但她没说“农业”是什么意思，只是说和“校内白炽灯”同义。格雷太太和萨迪一天得向来宾讲上几十遍那天的事，说我冒着生命危险去救孩子，我身上的两处烧伤就是证明。客人呢，就围着我看，摸着我啧啧称赞。你能从萨迪母女俩的眼睛里看到一种自豪感。可是当客人问起我的腿是怎么瘸的，她们便会面露愧色，转移话题。如果客人还追着她们问这问那，她们窘迫地快要哭了。

我的荣耀不止于此。这不，男主人的朋友来了，二十位最“有名望”的人把我带进实验室，对我评头论足，好像我是什么新发现似的。有人说，一个不会说话的动物能做到这样全凭本能。我的主人激动地说：“这远远超出了本能，是理性！很多人，正是因为拥有财富，才获得被救赎的特权，进入天堂，可他们还不如这条注定要死去的四条腿的动物有理性。”他大笑起来，又说：“看，我就是个反面例子。上帝保佑你们！我用我那超常的智力，推断出的唯一结论就是这条狗疯了，要伤害我的孩子，可是要不是它有头脑——也就是有理性，我告诉你们，我的孩子就完了！”

他们争论不休，而我正是争论的焦点。我多么希望妈妈知道，我获得了荣誉，她会为我感到骄傲的。

他们接着又谈论他们所说的“光学”，讨论大脑受损会不会致盲，结果结论不一，说必须得用实验一点一点加以验证。接着他们又谈及植物。我对此很感兴趣，因为夏天萨迪和我曾撒下过一些种子——你要知道，是我帮她挖的坑。过了一天又一天，小灌木丛和小花就会出现在那个地方，这一切真是神奇啊。真的，我真心希望我会开口说话，这样我就能告诉人们如何播种，如何发芽，也让他们知道我懂得很多，谈及我喜欢的话题的时候，我也能发表意见。但我不关心光学，那太枯燥了！当他们回过头又说起光学时，我烦了，睡着了。

很快，春天来了。春光明媚，天气宜人。女主人和孩子们的心情很好，她们拍了拍我和我的孩子，算是和我们告别，然后踏上旅程，走亲访友去了。男主人从不陪我玩，我就和我的孩子在一起玩耍，玩得也很开心。仆人们心地善良，待我和我的孩子很好，我们在一起很幸福。我们快乐地掰着指头数日子，等待女主人归来。

有一天，那些“有名望”的人又来了，他们说要做实验，就把我的孩子带走了。我瘸着腿，也跟着去了。我感到自豪，因为自家孩子受到别人重视，对我来说当然是件喜事。他们商量了一会儿后便开始做实验。突然，我的孩子尖叫了一声。他们把我的孩子放到地上，只见那孩子跌跌撞撞地走了几步，满头是血。男主人拍了拍手，大喊起来：

“瞧，我成功了！就像我说的，他瞎了！”

其他人都说：

“确实如此——你证明了你的理论。从今以后，那些受苦受难的人要感谢你了。”大家把男主人围起来，真诚地和他握手，感谢他，赞扬他。

我哪有心思看他们，听他们说这些啊，我快步跑向我的孩子，紧紧把他搂在怀里，舔他头上的血。他的头贴着我的头，不停地低声呜咽。我知道，在他痛苦不已时，妈妈的抚摸是一种安慰，虽然他现在看不到我了。很快，他的头耷拉了下来，他那柔软的小鼻子贴在地上。他静静地躺在那儿，再也动不了了。

主人停了一下，打铃把仆人叫进来说：“把它埋在花园里，埋得远远的。”接着他又去和那些“有名望”的人讨论了。我颠颠地跟在仆人后面，很高兴，很感激，我知道我的孩子不会再痛苦了，他睡着了。我们走到花园最边上，那里是主人的孩子们、保姆、我的孩子和我夏天在榆树下玩耍的地方。仆人挖了个坑，我看他打算把我的孩子种下去，我很高兴，因为我的孩子会像种子那样在地下长啊长啊，最后破土而出长成一条像罗宾·阿代尔那样英俊帅气的大狗。当女主人她们回来时，会大吃一惊的。我也用力帮他挖，但我有条腿不好，打不了弯，挖坑得两条腿一起扒才行，单用一条腿办不了事。仆人挖好后，将我的孩子埋了起来。他摸了摸我的头，眼里含着泪，对我说："可怜的小狗啊，你可是救了他的孩子啊！"

我在那儿蹲着看了两周，我的孩子还是没长出来！就在上周，一阵恐惧袭上心头，我想坏事了。我说不上来坏的是什么事，但是由于担惊受怕，我病倒了。虽然仆人送来最好的食物，但我也吃不下。他们疼爱我，甚至夜里也跑过来，哭着说："可怜的小狗啊，算了吧，回家吧。别让我们难过了！"听到这话我心里更害怕了，

这让我更加相信，一定是发生了什么事！我身子很虚弱，从昨天起我的腿都站不起来了。夕阳西落，夜晚的寒气袭来。仆人说的话，我理解不了，但那话里透着寒气，直刺我的心扉。

“那些可怜的狗啊！他们不会怀疑。明天早上女主人她们回家，会急着跟我们要救了她孩子的小狗，但是我们谁能有勇气把真相告诉她们：我们那个小朋友走了，去了所有动物最终都会去的地方。”

08. 忠犬宾戈的故事

〔加〕欧内斯特·汤普森·西顿

第一章

富兰克林的小狗跳过窗台，
人人称他小宾戈，
B–I–N–G–O，
人人称他小宾戈。
……

时间是1882年11月上旬，马尼托巴的初冬。我刚吃完早饭，正懒洋洋地坐在椅子上，身子往后躺着，想休息几分钟。我的眼睛漫不经心地扫过了小屋仅有的窗户，从中能看到草原的一小部分和奶牛棚的最头上，还能看到钉在附近木头上的古老歌谣《富兰克林的狗》。但是这歌谣与美景梦幻般的融合很快被打破了，我看到一只体型较大的灰色动物从草原上一下子猛冲到牛棚前，一条体型略小、黑白花的狗在后面紧追不舍。

"是狼！"我大喊一声，抓起步枪冲出去帮那条狗，但在我赶到牛棚前他们已经跑远了。他们在草原上跑了一阵后，狼一转身打算自卫，而那条狗，也就是我们邻居家的柯利牧羊犬，不停地围着狼转着圈跑，寻找下口的机会。

我朝着狼的方向远远地打了两枪，不过仅仅是把他们从草原上的对峙中又分开了。他们又追逐了一会儿，这条勇敢的狗终于逼近了狼，冲上去咬了狼的大腿一口，然后又马上退了回来，防止狼趁机反咬。接下来，他们就一会儿停下来撕咬，一会儿在草原上追逐，每隔几百米，这两个场景就会轮番上演。狗每次都会想法发动新的攻击，打算把狼解决掉，而狼总是徒劳地想杀个回马枪，并向东边的黑森林一带冲去。最后，他们这样打斗、追逐了一英里后，我赶上了他们。这条狗看到来了好帮手，就逼到狼跟前，准备结束战斗。

几秒钟后，这场动物间的生死决斗就有了胜利者。狼仰面朝天，浑身沾满狼血的柯利犬咬住了狼的喉咙，我放松地走上前去，朝狼的头部打了一枪，结束了这场战斗。

当这条能力非凡的狗看到对手已死后，便头也不回地在雪地上轻松地朝四英里外的农场大步跑去，那里是狼首先发起攻击的地方，也是他离开主人的地方。他叫弗兰克，是一条很棒的狗，假如我不过来帮忙，他无疑自个儿也能把狼干掉。我早就听说过他的英勇事迹，他已干掉过好几只狼，虽然这些狼个头不大或者是草原种，但还是比他大很多。我对这条狗的勇猛充满钦佩，立马要不惜代价把他买下来。不过他的主人向我调侃道：“你为什么不买他的崽呢？”

既然弗兰克的大名没能出现在交易板上，我便退而求其次，买了一条据说是他后代的狗，也就是他和老婆的儿子。这位疑似名门之后的狗是个黑色的小肉球，看起来更像是一个长尾巴的幼熊。他身上有和弗兰克一样的黄褐色斑块，我希望那是他将来不同凡响的保证。他鼻子周围也有一圈特别的白边儿。

狗是有了，接下来得给他起个名字，当然这已经不是什么难题了。《富兰克林的狗》这首歌谣是我们相识的基础，既然老天已经给定好了，那么我们便很自豪地叫他小宾戈。

第二章

那个冬天接下来的日子，宾戈是在我们的小木屋里度过的，过的是胡吃海喝、身体发胖、什么心不操、无所事事的生活，他拼命地吃啊吃，一天天发胖，却越来越笨了。甚至一些悲惨的经历也教育不了他，比如鼻子必须离老鼠夹子远点。他对猫有好感，不过这种好感却被猫完全误解了，最终双方总能演变成一场武装对峙。宾戈索性就睡到了牛棚中。

春天来了，我开始对他进行严格训练，我和他都费了不少劲，吃了不少苦。他学会了根据我的口令，来寻找我们那头在没设栅栏的大草原上随意吃草的老黄牛。

他一旦学会了找牛，就乐此不疲，在他看来再没比奉命去追回牛更让他高兴的事了。他常常一下子蹿出去，欢快地汪汪乱叫，蹦得老高，或许那样可以更好地发现草原上的目标。不一会儿，他便飞快地赶着牛回来了，他从不让牛休息一会儿，直到牛喘着粗气，被安全赶到牛棚的最角落里才算完事。

其实，他干这件事的卖力程度远超我们的想象。后来他极其喜欢这半天一次的搜寻，以至于不用吩咐，他就会自己把老牛赶回来。到最后，这位精力充沛的“放牛娃”不是一天一次、两次而是十几次跑出去，履行自己的职责，把牛赶到牛棚里。

最后，事情发展成了这样子：当宾戈想出去运动运动时，或有几分钟空闲，甚至碰巧想到了，他就会以赛跑的速度冲到草原上，几分钟以后，那头极不情愿的老黄牛就被飞快地赶了回来。

刚开始，这事看起来不错，因为他不让奶牛走得太远，但我们很快就发现，他连草也不让牛啃了。牛就这样瘦了下来，产奶也少了，她似乎老是心情沉重，经常神经紧张地防备那条可恨的狗。早上她只在牛棚附近晃悠，生怕走远了，就会受到宾戈的袭扰。

事情发展得过了头，宾戈这是在寻开心！可是我们所有想让宾戈有所收敛的努力都失败了，便不得不“辞退”了这条过于积极的“放牛娃”。此后，尽管宾戈不敢再赶牛回家，但给奶牛挤奶的时候，仍饶有兴致地待在牛棚门口。

夏天来了，蚊子成了可怕的灾祸，老牛顿尼那为驱赶蚊虫而甩来甩去的尾巴对于挤奶的人来说，甚至比蚊子更烦人。

弗雷德，负责挤奶的那位老兄，经常出些新点子，不过通常会搞砸。这次他想了一个简单的法子不让牛尾巴乱甩。他在牛尾巴上拴了一块砖，然后便开心地挤奶去了，他对这非同寻常的办法信心满满，而我们大家却用怀疑的眼光看着他。

突然，在一群蚊子当中传来一声沉闷的击打声和一阵谩骂声，弗雷德被那头笨奶牛用块砖把耳朵拍了。他可真是够倒霉的，旁人的起哄和嘲笑更是让他难以忍受，他猛地跳起来，发疯似的用凳子砸牛。

宾戈听到这笑声，觉得他出场的时候到了，便冲了进来，从另一侧攻击牛。待这件事平息下来，牛奶洒了一地，牛奶桶和凳子也被砸坏了，牛和狗都被痛打了一顿。

可怜的宾戈根本没弄明白怎么回事。他一直以来都看不起那头牛，现在更是对那头牛深恶痛绝，以至于一气之下连牛棚的门也不进了，从那时起，他把精力放在了马及马棚上。

牛是我的，马是我弟弟的，宾戈把忠心从牛棚转到马棚后，似乎把我给晾到一边了，每天给我的陪伴也没有了。然而有什么急事的时候，宾戈还是会跑过来，我也会跑过去。我们都觉得，人和狗之间的情感，要维系一辈子。

之后，宾戈又最后扮演了一次放牛人角色，那是在同年秋天一年一度的卡伯里节上。主办方为引诱大家送家畜参赛，设置的奖励真是令人眼花缭乱——除了会大出风头外，还有两美元现金的“最佳牧羊犬训练奖”。

由于受到酒肉朋友的误导，我也让宾戈参赛了。比赛日一大早，奶牛就被赶到离村庄不远的草原上。时间到了，我把牛指给宾戈，然后发令：“找牛去！”当然我的意思是想着让他把牛带到坐在裁判台上的我的面前来。

但动物们学精了，他们一夏天没白练。当顿尼看到宾戈猛跑过来的身影，就知道安全的唯一希望就是进牛棚。宾戈同样明白，他人生的唯一目标就是撵着牛快步往那个方向跑。于是他们就在草原上跑掉了，就像狼追鹿，朝他们两英里外的家直接奔去，直到再也看不见他们的影子。

裁判或评委们再也没看过这对狗和牛。最终奖金发给了其他的参赛者。

第三章

宾戈对马的忠诚非同一般。白天他跟在马群旁边跑，晚上他守着马棚门睡，马群走到哪里，宾戈就跟到哪里，谁也不能把他和马群分开。很有趣，他俨然是一副主人翁的样子。这种心态在下面的情形中更显得意味深长。

我不迷信，迄今为止，不相信什么先兆，但对一件以宾戈为主角的怪事印象深刻。那时，只有我们兄弟俩住在德温顿农场。一天早晨，我弟弟出发去沼泽溪拉一车干草，来回要一整天时间，所以他早早就出发了。说来奇怪，那是宾戈一生当中唯一没跟着去的一次。我弟弟叫他，他远远地站在逮不着他的地方，斜着眼看着我弟弟和马群，一动也不动。突然他鼻子朝天，发出了一声长长的、悲壮的嚎叫。他望着马车远去，甚至跟着走了一百多米的样子，不时地大声嚎叫两声，真是凄凉极了。

那天他一整天都待在马棚周围，那是他仅有的一次主动和马群分开。隔一会儿他就发出哀歌般的号叫。我当时自己在家，狗的表现给我一种大祸临头的不祥预感。随着时间一点点过去，我的心也越来越沉重。

大约到了六点，宾戈的叫声让人受不了，我没多想，顺手抓起件东西朝他扔去，打算赶他走。天哪，我满心恐惧！我为什么让我弟弟独自去呢？我还能看到他活着回来吗？我本来可以从狗反常的行为中察觉到有什么可怕的事情将要发生的。

最终，我弟弟约翰按时回来了。我照料着马群，心一下子放下来，装作若无其事的样子，问了句："都还好吧？"

"好。"弟弟的回答很简短。

谁敢说先兆不会预示什么吗？

很久以后，当我把这件事告诉一位对超自然现象有研究的人时，他表情严肃，说："宾戈常在危机来临时帮你吗？"

"嗯。"

"别笑。那天其实是该你有难，他留下来，救了你的命，尽管你永远不知道他帮你避开了什么危险。"

第四章

初春，我开始了对宾戈的教育。很快，他也教育上我了。

在我们的小木屋和卡伯里村之间，有一片两英里长的草原，中间立着块农场的界桩。那是埋在小土丘上的一根结实粗壮的柱子，老远就能看到。

我很快就注意到，宾戈只要不仔仔细细打量一番这根神秘的柱子，他就不肯走。接下来我又了解到，不光邻村里的狗群，还有草原狼光顾过这里。最后，借助望远镜，我观察过多次——这对我了解清楚这件事很有帮助，让我能更充分地走进宾戈的私生活。

这个界桩是犬科动物共同认定的登记处。他们嗅觉灵敏，能立刻根据足迹和气味嗅出谁最近来过此处。下雪了，暴露出的东西就更多了。接下来我发现，这根柱子只是涵盖整个地区的一个系统的一部分，简言之，整个地区是按每隔一段适当距离，设不同信号站的方式布局的。信号站是以任何显眼的柱子、石块、野牛头盖骨，或其他在比较理想的地方正巧有的东西为标志。大量观察表明，它是一个获取或发出信息的很完备的系统。

每条狗或狼总是到离他旅行线路不远的信号站去看看，了解一下谁最近到过那儿，如同一些人一回城就会去他参加的俱乐部，查查登记册一样。

我曾看到宾戈走近柱子，闻一闻，观察一下周边，接着汪汪叫几声，竖起毛发，瞪着眼，拼命地、轻蔑地用后爪扒拉几下，最后趾高气扬地走了，还时不时回头瞧瞧。所有举动，翻译一下，就是：

“呜！汪汪！麦卡锡家那条脏兮兮的癞皮狗来过。汪汪！晚上我再去找他，说他的事。汪汪！汪汪！”还有一次，最初的准备工作做好后，他很感兴趣，研究起一只

草原狼来来回回的足印，然后心里嘀咕起来，后来我才知道他是这意思：

“从脚印看，他从北面来，身上有股死奶牛的味儿。真是这样吗？波尔沃思家的老布林德尔最后一定是死了，这值得调查一下。”

其他时候他会摇着尾巴，在附近快步跑，一次又一次跑过来，想让自己到访的痕迹更明显，也许是为了让他从布兰登回来的兄弟比尔知道。所以，有一天晚上，比尔出现在宾戈的窝里就不是偶然的了。然后他带着比尔上山，那里有一头美味的死马，给他们提供了一个庆祝重逢的好机会。

还有的时候，他会突然被新消息搞得兴奋起来，然后会循着踪迹，向下一站跑去，以便得到进一步的信息。

有时他的检查好像会引起他的特别注意，他好像在自言自语："天哪，活见鬼，谁会在这儿呢？"或"看来好像去年夏天我在波蒂奇山家遇到过那个家伙。"

一天早晨，快到界桩时，宾戈全身毛发直竖，尾巴耷拉着，哆嗦着，显示出他突然感到胃里不舒服的样子。这是害怕的表现。很明显，他不想再继续跟踪了，也不想再多了解那件事了，就回家去了。半个小时后，他脖颈上的毛仍然竖着，目光中透出仇恨和恐惧。

我研究了让他害怕的踪迹，发现在宾戈的语言里，那种半恐惧的低沉的"汪——呜呋"意思是"大灰狼"。

这只是宾戈教给我的部分东西。后来每当我偶然看到他从马厩门旁结霜的窝里坐起来，伸伸懒腰，把雪从又粗又密的毛上抖落，迈着稳健的步伐，跑啊跑，消失在黑暗中，我就常常想：

"啊，老伙计，我知道你去哪儿，也知道你为什么躲开小木屋的庇护。现在我还知道你晚上到田野溜达的时间把握得那么好，知道你怎么知道去哪儿才能找到你想要的东西，也知道什么时候、怎么去找。"

第五章

1884年秋天，德温顿农场的小木屋关闭了。宾戈把他的家搬到了和我们关系最亲密的邻居戈登·赖特搭建的地方——也就是马厩里，不是房子里。

从他小时候的那年冬天起，除非是雷雨天，其他时候他一直都不愿意进屋住。他十分惧怕打雷和打枪——无疑，对前者的恐惧来自后者，而对枪声的恐惧来自一些不那么愉快的开枪经历，原因我很快就会揭晓。他晚上睡觉的窝在牲口棚外，即使在最冷的天气里他也睡那里，我很容易看到他十分享受由此带来的夜间的完全自由。宾戈会半夜跑出去，远到穿越平原好几里的地方，有大量的证据能证明这一点。一些很远的居民点的农民传话给老戈登，说如果他晚上不把狗关在家里，他们就用鸟枪打狗。宾戈对火器的恐惧表明他们的威胁不是随便说说的。远在佩特罗居住的一个人说，冬天的一个黄昏，他看到一只大黑狼在雪地里咬死了一只草原狼，但后来他改口说："我猜那保准是赖特家的狗。"冬天每当有冻死的牛或马的尸体被宾戈发现的时候，他晚上肯定会跑过去，把草原狼统统赶走，然后吃个饱。

有时宾戈夜间的目标只是和某个远邻家的狗吵吵架。尽管遭到威胁、报复，但似乎没有理由担心宾戈这样的狗会绝种。有个人甚至承认见过一只后面跟着三只小狼的草原狼，很像母狼，只不过他们个头很大，毛是黑色的，鼻口周围有一圈白边儿。

不管此话是真是假，三月下旬，我们坐雪橇出去，宾戈小跑着跟在后面，一只草原狼从洼地里蹿出来，宾戈奋起直追。但狼逃跑时并未用尽全力，眼看着宾戈就要追上了，然而，说来奇怪，他们既没有厮打，也没有搏斗！

宾戈和那只狼和善地并排跑着，还舔狼的鼻子。

我们很吃惊，大声催促着宾戈对狼发起攻击。我们喊叫着，几次接近狼，把狼吓得赶紧跑了，宾戈又在后面追，直到再次追赶上狼，不过他的温柔太显而易见了。

“那是只母狼，他不会伤害她的。”我终于明白过来了，大声说道。戈登叹了口气说：“唉，我真该死。”

就这样，我们叫回我们那条不情愿分开的狗，继续前行。

这以后的几个周，我们让一只屡屡骚扰我们的草原狼搞得不得安宁。他咬死了我们的鸡，偷走了房头上的几块猪肉，趁男人不在家时，几次向小屋窗户里窥探，把屋内的孩子们吓坏了。

宾戈似乎防不住这只狼。最终，这只狼，一只母狼，让人给打死了。宾戈举起爪子，明白无误地表示出对奥利弗永久的敌意，因为是他杀的母狼！

第六章

一个人和他的狗不管遇到什么样的艰难险阻都会相互依赖，这是多么神奇和美妙啊！巴特勒讲过一个故事，北方有一个遥远的原本很团结的印第安部落，有个人养了条狗，结果让邻居给杀了，因此结下了宿怨，他们相互残杀，导致整个部落最终差点覆灭。我们之中也有官司，有争斗，有深仇大恨，这一切都指向同一条古训："爱我，就得爱我的狗。"

我们的一个邻居有一条非常优秀的猎犬，叫作坦，他认为那是世界上最好最珍贵的狗。我爱我的邻居，所以我得爱他的狗。一天，当伤痕累累的坦爬回家，死在家门口时，我也跟着他的主人扬言要报复。其后便没放过任何追踪凶手的机会，又是悬赏，又是收集蛛丝马迹的证据。最终查明，三个住在南边的人当中的一个做了这么一件残忍的事情。线索逐渐明朗，很快我们就要求伸张正义，至少要从杀死可怜的老狗坦的卑鄙小人身上讨回公道。

接着发生了一件事，立刻改变了我的想法，使我相信，砍杀一条老猎犬无论如何不能算是不可饶恕的罪过，而且再仔细一想，反倒值得赞扬。

戈登·赖特的农场就在我们南边。有一天，他的儿子小戈登得知我正在追查凶手，便把我拉到一边，偷偷往周围看了看，伤心地小声对我说：

“是宾戈干的。”

事情就卡在了那儿。我承认，从那时起我尽我所能阻止“正义”得以伸张，而以前我却是费尽心思地来促成“正义”的。虽然我早已把宾戈送人了，但“我还是他主人”的这种想法一直还有。这种牢不可破的人狗情不久又在另一件重要的事情上得以体现。

老戈登和奥利弗既是近邻，又是密友。他们一起签约伐木，两人合作得很愉快，一直干到冬天快要过去。奥利弗的那匹老马死了，他呢，下决心好好利用一下死马，就把马拖到草原上，下了药，单等周围的那几只狼过来。唉，这简直是为可怜的宾戈放的！他过的是狼的生活，这使他一再遭遇狼的不幸。

他和任何一只在大自然中生活的同类一样，喜欢吃死马。就在当天晚上，他和老戈登的狗柯利一起光顾了死尸。看样子，宾戈好像主要负责把狼赶跑，柯利逮着机会猛吃起来。雪地的爪印子讲述了盛宴的情形。毒药开始发作，筵席中断，回家路上，两条狗疼得剧烈抽搐，乱跑乱撞。回到家里，柯利抽搐着，倒在老戈登脚下，在极端痛苦中死去。

“爱我，就得爱我的狗。”任何解释或道歉都是不能接受的。要说这是个意外，谁又会去相信呢？宾戈和奥利弗长久以来的仇恨到现在还被当作一大趣闻。老戈登与奥利弗的伐木合同一下子就扔到一边去了，所有的友好关系不复存在。柯利临死前的哀号立刻把老戈登一家引了出来，有人甚至抄起了家伙。时至今日，还没有哪个县能大到容纳这对冤家。

宾戈中毒后，用了好几个月时间才把身体恢复好。我们真以为他再也不会是以前那个壮实的宾戈了。但当春天来临后，他的体力开始恢复，随着万物复苏，他的情况越来越好，几个星期后，他完全恢复了健康和体力，成为他朋友的骄傲和邻居眼中讨厌的东西。

第七章

人生的变故让我离开马尼托巴，去了很远的地方。1886年我回来时，宾戈仍然是赖特家的一员。我本以为离开两年，他已把我忘记，但没有。初冬的一天，在失踪了四十八小时之后，他爬回赖特家，一个捕狼夹子紧紧地夹在他的一条腿上，后面还拖着一根很重的木头，他的脚已经冻得和石头一样硬。没有人能过去帮他，他是那么凶，而我那时已是个生人了。我蹲下来，一手抓住夹子，一手抓住他的腿，他立刻用牙咬住了我的手腕。

我一动也没动，问他："宾戈，你不认识我了？"

他还没咬破我的皮肤，马上松了口，没再反抗，尽管在把夹子拿掉的过程中他疼得嗷嗷叫了很多声。虽然他换了主家，我又离开了很长时间，但他还是把我当成主人。尽管我放弃了所有权，但我仍然觉得他是我的狗。

虽然不情愿，他还是让人抬回了家。他冻住的脚开始化冻。在那个冬天剩下的日子里，他的腿瘸了，两个脚指头最终被冻掉了。不过，在天转暖之前，他的健康和气力就彻底恢复了，不仔细看，丝毫看不出他在被钢制捕狼夹子夹住的可怕经历中留下的疤痕。

第八章

在那个冬天，我捕获了很多只狼和狐狸，他们可没有宾戈那么好运，能从捕狼夹子下逃脱。这种夹子我会一直下到春天，不仅能获得毛皮，还能获得一笔可观的捕兽赏金。肯尼迪平原一直是个设陷阱捕猎的好地方，因为这里人迹罕至，又位于大森林和居民点之间。在这里我很幸运，捕到过很多皮毛兽。四月末我仍骑马在一条固定的巡行线路上巡视。

捕狼夹子通常用很重的钢制成，上面安有两根弹簧，每个弹簧弹力一百磅。在一个埋好的诱饵周围，四个捕狼夹子一组，支上，拴到埋好的木桩子上，拴结实后，再仔细用棉花或细沙盖好，做到一点痕迹不露。一次，一只草原狼被一副夹子夹住了，我用根木棒将其打死，并扔到一边，继续支夹子，就像我以前做过的几百次一样。很麻利地把夹子安装好后，我把夹子扳手朝小马驹跟前扔去，看到附近有细沙，我便伸手抓了一把，打算洒在刚布好的夹子上。

唉，真是个不幸的想法！由于没失过手，这次真是麻痹大意了！那沙子就盖在另一个夹子上，我一下子成了夹中囚。好在夹子没有齿，我厚厚的捕兽手套又减小了夹子的咬合力，所以没受伤，但我的手指关节以上被牢牢地夹住了。对此我倒不是很担心，我打算用右脚去够夹子扳手。我伸直了身子，脸朝下，向扳手移过去，让那只被夹住的胳膊尽可能伸得最远最直。我无法看着够扳手，只能指望我的脚指头告诉我什么时候碰到那可以打开这副“镣铐”的小铁钥匙。我第一次尝试失败了。尽管我使劲拽着链子，但我的脚指头并没碰到铁的东西，我慢慢转动固定桩，但还是没成功。后来我费了好大劲才看清楚，我太靠西了。我开始转过来，用脚趾盲目地乱碰，想找到扳手。就这样，我用右脚瞎碰一气，却忘了左脚的事了，直到“当啷”一声，一只五号夹子的铁颚紧紧地扣在我的左脚上。

刚开始我没意识到这有多恐怖，但很快我发现，所有的挣扎都是白费力气。两个夹子，我一个也抖落不掉，也不能把两个夹子挪到一块去。我就在那儿四肢伸开躺着，被牢牢地固定在地上。

现在我会有怎样的下场？暂时不大会冻僵，因为寒冷天气已过，但肯尼迪平原除冬季有伐木工人外，其他人从没来过。没有人知道我去了哪儿，我要是自己不能脱身，就没什么希望了，结果不是被狼吞掉，就是被冻死饿死。我躺在那儿，血红的太阳从平原西边云杉沼泽地上落了下去。几米外，一只角百灵在囊地鼠挖的小土堆上吱吱唱着夜曲，就像头一天夜里有只鸟儿在我们小屋门旁那样唱着。尽管麻木和疼痛的感觉顺着我的胳膊往上走，尽管冷得要命，我还是注意到了他长长的羽冠。我又想到赖特家小屋那舒适的晚饭桌，想到他们正在煎肉，是准备晚餐呢，还是刚坐下。我的小马驹还像我离开他时那样站着，笼头放在地上，耐心地等着驮我回家。他不会明白为什么我会耽搁这么久。我叫他，他停下来，不再啃草，麻木地、无助地用询问的眼神看着我。他就是驮着个空马鞍回去也好啊，报个信，搬救兵来。但恰恰是他对主人的忠心让他在那儿等了一小时又一小时，而我快要冻死饿死了。

我又想起设陷阱捕兽的老吉鲁是怎么不见的。第二年春天，他的同伴发现了他的骨头架子，一条腿夹在捕熊夹里。我在想，我的衣服哪里能表明我的身份。突然，我有了个疑问，那就是，狼被夹住后心里是如何想的。天哪，我给野兽造成了多么大的痛苦啊！现在我得到报应了。

夜晚慢慢降临了，一只草原狼在长嚎。小马驹竖起耳朵，向我走近了些，低头站着。又一只草原狼嚎叫起来，又有一只……我能听出来，他们正在附近集合。我趴在那儿，什么办法也没有，心想他们不会跑过来，把我撕成碎片吧？！我听他们叫了很长时间，然后发现那些隐隐约约、模模糊糊的黑影正偷偷向我靠近。马首先发现了他们，他受惊后发出的喷嚏声先是吓退了他们，不过下一次他们走得更近，在草原上围着我坐下了。很快，一只胆子大一点的狼爬过来，用力拖他那个亲戚的死尸。我大声喊叫，他狂叫着退了回去。小马驹吓得往远处跑了，很快，狼又回来了。这样来来回回两三趟后，尸体被拖走了，几分钟后就被狼群吃了个精光。

吃完后，他们越靠越近，屁股坐在地上，看着我，最勇敢的那只闻到了枪的味道，挠挠土，朝它扬去。我用那条能动的腿一边朝他踢，一边大喊，他往后退去。我的力量逐渐小了，他的胆子也就更大了，朝我走来，冲着我的脸咆哮。见一个这样，其他狼也跟着乱叫。他们越来越近，我意识到自己就要被最瞧不起的敌人生吞活剥了。这时，从黑暗中冲出来一匹大黑狼，喉管中发出嗷嗷的咆哮声。这群草原狼像被扬起的谷糠，四散逃窜，只有那匹最勇敢的狼没逃掉，被刚来的黑狼抓住，几分钟后，就成了一具尸体。天哪，好可怕啊！这只力量巨大的野兽向我跑来——宾戈——

高贵的宾戈，他气喘吁吁，用他又长又乱的粗毛身子蹭我，舔我冰冷的脸庞。

“宾戈——宾戈——老——伙计，快递给我夹子扳手。”他走开，拖着步枪回来了，因为他觉得那是我在困境中唯一想要的东西。

“不是——宾戈——夹子扳手。”这次他衔来的是我的腰带，但到最后他还是把扳手衔过来了。做对了事，他高兴得直摇尾巴。我把那只能活动的手伸出去，费了好大劲才把木桩上的螺帽拧开。夹子打开了，我的手伸了出来，一分钟后，我脱身了。宾戈把马寻了回来，我慢慢走了几步，让血液恢复循环，然后翻身上马。马开始跑得比较慢，很快就飞奔起来。宾戈像个传令官，在前面猛跑，汪汪叫着，我们往家飞奔。到家后才知道，虽然他从没跟着我下过夹子，但天黑以前，这只勇猛的狗行为怪异，低声叫着，不断朝通往林地的小路张望。最后，天黑了，虽然家人拦着不让他出去，他还是朝黑暗中走去，由一种我们搞不明白的直觉引导着，及时赶到我出事的地方，救我于水火之中。

忠诚的宾戈——他是一条怪狗。虽然他的心和我在一起，但他第二天从我身边走过时，几乎看都不看我一眼。当小戈登叫他去打囊地鼠时，他答应得可爽快了。故事到此就结束了。最后他依然过着他喜欢的狼的生活，还是一直在找冻死的马吃。后来他又找到一头被下了药的死马，像狼一样吃掉了，接着便是腹内剧痛。这时，他不是往赖特家跑，而是来找我，来到小木屋门口，可惜我并未在家。第二天我回来的时候，发现他已经死在雪地里，头就枕在门槛上——那是他小时候生活过的小屋的门槛。一直到他生命结束，他打心眼里都认为自己是我的狗，即使在他临死前最痛苦的时刻，他还是来找我帮忙。